불행의 묘미

불행의 묘미

초 판 1쇄 2023년 08월 17일

지은이 김예은
펴낸이 류종렬

펴낸곳 미다스북스
본부장 임종익
편집장 이다경
책임진행 김가영, 신은서, 박유진, 윤가희, 정보미

등록 2001년 3월 21일 제2001-000040호
주소 서울시 마포구 양화로 133 서교타워 711호
전화 02) 322-7802~3
팩스 02) 6007-1845
블로그 http://blog.naver.com/midasbooks
전자주소 midasbooks@hanmail.net
페이스북 https://www.facebook.com/midasbooks425
인스타그램 https://www.instagram/midasbooks

© 김예은, 미다스북스 2023, *Printed in Korea*.

ISBN 979-11-6910-307-7 03810

값 16,800원

미다스북스는 다음세대에게 필요한 지혜와 교양을 생각합니다.

불행의 묘미

김예은 지음

미다스북스

글을 쓰다, 쓰다, 세상에 뱉어냈다. 짧지만 길다, 길지만 짧고. 그게 단편집의 매력이다. 인생의 그것처럼, 짧지만 돌아보면 긴 글은 한 권의 책이 되었다.

짧은 글들을 여러 번 쓰기 위해, 이 아침, 저 점심, 그 저녁들을 활용했다. 독자분들도 책을 한꺼번에 읽지 않는 한, 이 낮, 저 밤, 그 새벽들에 이 글을 본다 생각하니 마치 시간여행의 순간에 공통된 무언가로 문득 만난 인연 같다는 생각이 든다. 아침과 점심사이 밥을 먹으며 쓴 글을 잠이 안오는 새벽에 읽고 있는 독자가 만나듯이, 다른 시간 속에 같은 글이라는 매개체로 교감을 하는

우리 다, **글로장생**을 했으면 좋겠습니다.

우린 이제 모두 **글로** 가는 중 –

목차

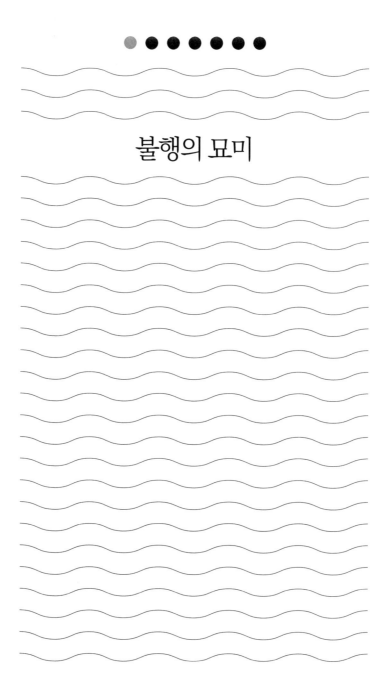

불행의 묘미

이것이 바로 불행의 묘미였다.

절대로 제 뜻대로 되지 않는 삶에 신물이 났다.

오른쪽 눈을 깜빡 반대로 왼쪽 눈을 깜빡. 천장을 향해 올린 발가락이 눈의 움직임에 따라 전등의 가장자리에서 중심부로 자리를 옮긴다. 눈을 지그시 짓누르고 있던 손을 침대 오른쪽 전등으로 옮겨 스위치를 끈다. 창문 밖으로 내리는 빗소리가 더욱 웅장하다. 방 밖의 온 세상이 다 흐느적거리며 젖어 들고 있다. 다행이다. 남자 하나만 흐트러진 게 아니다. 다 망가지고 물에 빠진 생쥐가 되어가고 있다. 참말로 다행이다. 혼자만 축 늘어진 무거운 몸을 질질 이끌고 이 밤을 꿈으로 옮기고 있는 게 아니다. 오늘 밤만큼은 별 볼일 없는 몸뚱어리 하나가 이 어둠 속을 척척 소리를 내며 꿈 속으로 걸어가고 있는 걸 이상히 여기지 않을 것이다. 다 같이 그러할 것이니까.

잠자리에서 일어나기 전 습관처럼 팔뚝을 벅벅 긁고 알람 소리에 맞춰 기지개를 펴는 남자의 이름은 나타샤다. 내 탓이야—를 맨날 입에 달고 살아 그와 비슷하게 '나타샤'라 스스로를 칭했다. 커튼도 걷지 않고 어둠 속에서 손을 바스락바스락. 시대를 반영하지 않은 오래된 휴대전화의 알람을 끈다.

터덜터덜 일어나 화장실로 향한다. 천장에 있던 불이 파샤샥하고 켜진다. 나타샤는 거울 앞에 섰다. 물 때와 세월의 흔적으로 거울은 그의 얼굴을 제대로 반사하지 못한다. 그런대로 얼굴의 이물질만 잘 보이면 되었지, 하곤 나타샤는 거울을 보며 눈곱을 닦고 입의 각질을 물로 박박 닦아낸다. 똑딱, 머리카락의 뒤쪽에서 나는 소리와 함께 뒷머리가 슬슬 벗겨지더니 나타샤는 오른쪽 손으로 자신의 뇌를 쩌억 하고 꺼낸다. 나타샤 집 앞 길거리 좌판에 늙은 여인이 파는 호두 알갱이와 비슷하게 생긴 피 묻은 뇌를 비누로 벅벅, 자신의 얼굴보다도 더 깨끗하게 닦는다. 쩍쩍 갈라진 비누 틈 사이로 피의 불순물들이 꼈다 씻겨져 내려 간다. 그 후 빠르게 다시 똑딱- 뇌를 머리 속으로 집어넣는다. 그러곤 눈도 왼쪽부터 하나씩 뽁 하고 뽑아 흐르는 물에 졸졸 깨끗하게 씻는다. 렌즈를 끼듯 조심히 왼손으로는 눈을 벌리고 오른손으론 뺐던 눈 알을 도로 다시 집어 넣는다.

나타샤라 스스로를 칭한 지도 35년쯤 되었다. 이준성이 길거리에서 나란히 걷고 있는 개미떼를 향해 침을 퉤하고 뱉고는 학교에서 집으로 돌아오는 길이었다. 15살의 중학생 준성은 익숙해 보이는 남자의 뒤통수 옆으로 낯선 여성이 가깝게 붙어 있는 것이 보

였다. 아빠와 옆집 아줌마였다. 처음 사귄 여자친구와의 데이트에 늦었다. 늦잠을 자서 약속에 늦었지만 엄마가 감기에 걸려 약국에 들르느라 시간을 지키지 못했다고 거짓말 했다. 무난하게 흘러갔던 데이트가 끝나고 집으로 돌아온 그날, 술을 먹었다는 핑계로 아빠가 엄마의 머리를 세게 때리는 장면을 목격했다. 그날의 충격이 적지 않아 준성은 하루를 굶었고 울음을 속으로 삭이며 자신을 때렸다. 몇 달이 지나지 않아 엄마와 아빠는 이혼을 했고 준성은 그때부터 스스로를 나타샤라 불렀다. 자신의 과업이라 생각했다. 자신이 밖에서 잘못을 저지를 때마다 집의 기둥엔 조금씩 금이 가기 시작했다. 모든 일을 자신의 탓이라 돌리기로 했다. 그 후 준성은 엄마와 단둘이 살았다. 집의 가장은 나타샤가 되었다.

　자신의 몸에 이상이 생겼다는 걸 알게 된 건 성년이 되고 난 후 얼마 지나지 않아서다. 평소 눈이 좋지 않은 나타샤는 안경을 착용했다. 그 후 멋에 관심이란 게 조금 생겼다. 그래서 대신 렌즈를 착용했다. 여자친구와 데이트를 하고 집으로 돌아온 어느 날이었다. 렌즈를 빼려고 화장실 거울 앞에 섰다. 여느 때와 같았다. 손을 씻고 한 손으로 렌즈를 빼내려고 했다. 그날은 어쩐지 렌즈가 잘 빠져나오지 않았다. 그래서 렌즈를 빼내려고 손에 힘을 주었다. 어디선가 쩌억 하더니 무거운 것이 렌즈와 함께 딸려왔다. 보기와는 다른 큰 눈알이었다. 나타샤는 겁이 났다. 눈알을 뺀 눈속은 텅 비어 있었다. 죽는 것은 아닌가, 하고 생각했다. 원 상태로 되돌려 놓아야 했다. 다시 끼워 넣었다. 눈알은 비교적 이상 없이 제자리를 찾았다. 다행이라 생각했다. 나타샤는 다른 한쪽 눈의 렌즈를 빼지 않은 것이 생각났다. 방금 겪은 공포 때문인지 손이 덜덜 떨렸음에도, 불안한 심정을 감추고 천천히 렌즈를 뺐다. 아까와 똑같이 렌즈와 함께 눈이 빠져나왔다. 평생 자신의 얼굴에 붙어 있는 부속물들은 제 눈으로 직접 보지 못할 줄 알았다. 아까와는 달리 호기심이 생겼다. 다시 제대로 넣을 수 있을 거란 안도감 덕분이었다. 피곤에 절어 있는 상태를 말해주는 실핏줄이 누런 동공에 다닥다닥 길게 늘어져 있었다. 얼굴에 제대로 끼어 있는 왼쪽 눈으로 손에 올려진 오른쪽 눈을 쳐다보았다. 떨리는 마음에 손이 부들부들 떨렸다. 그러자 눈도 토동토동, 손에 맞춰 움직여졌다. 그 후 거울로 시선을 옮겨 눈알이 빠진 오른쪽 눈 속을 자세히 쳐다보았다. 공허함이 가득한 그곳엔 징그러움이 끼어 있었다. 그 안은 마치 뾰족한 이빨을 가진 괴물의 입속과도 같았다. 공허함이 마치 나타샤의 속내를 보여주는 것만 같아 역겨운 마음이 들어 어서 눈알을 도로 집어넣었다. 다시 갈아 낀 눈으로 본 세상은 렌즈를 꼈을 때와 비슷하게 환해져 있었다.

　화장실에서 나온 그는 그의 의지대로 아침밥을 먹는다. 넓지도 않은 8평의 반지하에서 그는 늘 허기를 느끼며 "배고파 죽겠다, 외로워 죽겠다."를 외친다. 뭐가 빈 건지도 모른 채 별 것 없는 반찬을 입 안으로 꾸역꾸역 집어넣는다. 식탁에 차려 있는 고등어의 눈알을 조심스레 파 먹는다. 포도동, 톡. 그러다 꺽- 소리가 나며 나탸샤의 입 안에서 눈이 빠개진다. 자신이 늘 화장실에서 보던 눈알이 이런 맛인가 싶다. 결국 다 먹지도 못하고 실속 없이 배만 부르다. 배 속의 허전함이 그런대로 가신다.

　'몸 안 어디 한 구석이라도 채워졌으면 됐지.'

　간이 책상 위의 설거지 거리가 나탸샤의 눈에 거슬린다. 밥 한 번 해 먹는 게, 하루하루 해먹고 살아가는 게 지겹고 벅차다. 별 먹은 것도 없이 상 한 번 차리는데 설거지는 한가득, 그로 인해 나온 쓰레기도 한가득이다.

　꺼억-하고 트림을 시원하게 한 것으로 아침을 끝내고는 방바닥에 드러눕는다.

몇 시간 지나고 다시 일어나 점심을 먹는다. 아침에 먹은 반찬에 봉지김 낱개를 하나 더 꺼내 식탁을 차린다. 귀찮은 나타샤는 아침에 본 반찬통 그대로에 닦지도 않고 아침밥이 그대로 눌러 붙은 숟가락과 젓가락을 또 꺼내든다.

"에잇, 입맛이 없다."

그는 자신에게 하는 말인 듯 옅게 내뱉는다.

'무엇을 먹어야 행복할까.'

결국 애써 집어넣었던 밥알을 화장실로 가 도로 뱉어낸다. 토가 변기통 속으로 역류한다. 온갖 과거의 더러움이 가득 찬 찌꺼기가 솟구쳐 오른다. 쏠린다, 괴롭다, 쓰라리다. 꼬약꼬약 마침내 콰르르. 빠짐없이 밑으로 흐른다. 극악했던 그의 불순물들이 솟구쳐 나온다. 마저 다 뱉어내지 못한 덩어리들은 꾸역꾸역 도로 몸 속으로 다시 밀어 넣는다. 더러움, 추악함. 결국 허전한 배를 채우지 못하고 나타샤는 방으로 몸을 옮겨 잠에 든다.

나타샤는 꿈을 꾸었다. 어머니의 배 속으로 들어가는 꿈이었다. 어머니의 다리 사이를 비집고 들어가 50kg보다 조금 더 되는 몸을 억지로 밀어 넣으려 했다. 머리부터 나왔으니 머리부터 들어가야지. 태어날 때보다 더 커진 뇌와 몸은 잘 들어가지 않았다. 늘 하던대로 뚝딱 소리를 내며 뇌를 꺼내고 눈알 두 짝을 가지런히 옆에 놓으며 몸무게를 줄여 다시 태아가 될 준비를 한다. 그러다 꿈속에서 문득 생각했다. '아, 나는 제왕절개이구나.' 들어가려 했던 몸을 다시 빼내 엄마의 배에 이미 나 있는 상처의 흔적을 따라 어디서 가져온 건지 모르는 칼로 배를 갈라 큰 몸을 왼쪽 발부터 조심스레 넣었다. 나머지 발도 억지로 다 밀어 넣고선 무작정 비집고 들어가 몸을 웅크렸다. 그는 윗옷의 지퍼를 닫듯 가른 배를 손수 안에서 닫고는 한참을 편안했던 엄마의 배에 있다 깨버렸다.

맨바닥에서 대자로 뻗어 잔 그는 이른 저녁 눈을 떴다. 왼쪽으로 몸통을 돌리자 보이는 책상 밑 구석진 곳에서 네모난 종이 한 장을 발견한다. 무엇이 떨어져서 저기에 닿았을까 싶어 손을 뻗어 종이를 만진다. 오래된 먼지와 함께 딸려나온 건 몇십 년 전 나타샤가 젊을 때 사귄 여자친구가 꽃을 들고 있는 사진이었다.

6년을 사귄 여자친구는 꽃을 좋아했다. 그래서 가끔 사주었다. 그럼에도 늘 의아했다. 지고 나면 볼품없어질 생물을 왜 이렇게 좋아하나, 했다.

'금방 질 거 왜 사나 했더니, 한창이구나.'

꽃에 그닥 흥미가 없던 나타샤는 어느 날 활짝 핀 꽃을 건네받은 여자친구의 표정을 보았다. 사람이 저렇게나 활짝 웃을 수 있을까 싶을 만큼 만개한 꽃보다도 더 활짝 핀 미소였다. 한창 꽃다운 나이의 26살이었다. 그녀의 표정을 보고 생각한 그였다.

과거에서 돌아온 그는 지난 회상에 잠시 기분이 좋아진다. 화장실로 들어가 또 다시 뇌를 씻으러 간다.

나타샤가 뇌를 꺼낼 수 있다는 걸 알게 된 건 화장실 하수구에 떨어진 그의 머리카락이 많아졌다는 걸 눈치챌 때쯤이었다. 나름의 콤플렉스가 생겨 큰 마음을 먹고 가발을 썼다. 콤플렉스를 가릴 수 있는 가발은 그의 마음에 쏙 들었다. 그날이었다. 가발을 쓰고 사람들을 만난 후, 자신감 넘치는 신난 발걸음을 하고 집에 돌아왔다. 화장실로 곧장 달려가 임무를 완수한 접착된 가발을 벗으려 했다. 전과는 달리 유독 끈적한 가발 테이프가 머리에서 떨어지려 하지 않았다. 힘을 주어 가발을 떼어냈다. 가발과 함께 머리의 뚜껑이 뒤에서부터 서서히 열리더니 무언가 빠져나오려 했다. 뇌였다. 손으로 받쳐 막으며 다시 가발을 뒤집어썼다. 그렇게 일주일이 흘렀고, 가발은 여전히 벗을 수 없었다. 찝찝하고 갑갑한 마음이 무서운 마음을 이긴 그 일이 있은 뒤 8일 후였다. 나타샤는 심호흡을 크게 한번 쉬고는 가발을 조심스럽게 벗으려고 안간힘을 썼다. 한 시간이 흘렀다. 머리 전체를 감싼 가발이 거의 다 벗겨질 때쯤이었다. 마음을 놓은 게 화근이었다. 앞에서부터 벗겨진 가발이 안 보이는 뒤쪽에서 휙 잡아당겨져 두피가 열리더니 그의 머리 뒤쪽으로 뇌가 노출되었다. 가발에 정신이 팔려 미처 보지 못한 나타샤가 떨어지려는 뇌를 가까스로 잡았다. 뇌는 머리와 분리되었다. 피와 찌꺼기가 잔뜩 묻어 있었다. 자신도 모르게 경악하며 세면대에 받아놓은 물에 손에 묻은 피를 씻었다. 덩달아 손에 놓인 뇌도 씻겨졌다. 세면대의 물 마개를 열자 뇌에 붙어 있는 피와 더러운 때가 하수구로 돌돌돌 흘러가고 있었다.

뇌를 씻으면 자신의 기억도 깨끗해지는 기분이 들었다. 나쁜 기억은 더욱 생생하게 거울의 때를 닦듯 선명해졌고, 기쁜 기억도 그와 같았다. 그런대로 자신의 감정을 온몸으로 느끼는 것에 희열을 느끼고 있었다. 그래서 닦고 또 닦았다. 다른 사람을 싫어하고

20

싶은 마음이 들 때도 더 박박 닦아 혐오를 더했고, 여자친구가 자신을 더이상 사랑하지 않느냐고 타박할 때면 자신이 가장 좋아하는 오이비누로 뇌를 깨끗이 닦았다. 여자친구는 사랑 가득한 나타샤를 보곤 더욱 애정을 키웠다.

* * *

저녁밥을 사기 위해 밖으로 나온 길이었다. 보잘것없는 나타샤의 집은 사람들의 눈 밖에 난 달동네였다. '서울의 마지막 달동네'라고도 사람들은 불렀다. 재개발을 한다느니, 어쩐다느니, 하는 현란한 현수막의 시끄러운 틈바구니 속에 나타샤는 쥐 죽은 듯 가만히 있었다. 달동네에서도 가장 끝자리에 위치한 나타샤의 집은 수많은 집 중 하늘과 제일 가까이 맞닿아 있었다.

어디선가 불어온 갑작스러운 바람에 허공을 응시하다 금세 원인을 알곤 하늘을 쳐다보았다. 어둠이 깔린 하늘엔 먹구름이 짙게 깔려 있었다. 그 사이 달이 잘도 보였다. 밝은 달이 괜히 어색해 잠옷 위에 입은 재킷을 다시 여몄다. 나타샤는 이 동네 사람들과 마찬가지로 가까운 저 달을 볼 틈도 없이 땅바닥을 보며 숨차게 높은 계단을 내리락 하고 있었다. 동네입구 놀이터에서는 어린 아이들이 떼를 지어 어제 내린 비에 젖은 모래판에서 흙장난을 하고 있었다.

'이름을 누가 그따구로 지어서는. 에휴, 쯧쯧.'

그는 잠깐 본 크고 높은 곳에 위치한 빛나는 달과 같은 이름을 가진 달동네가 자못 못마땅해 놀이터를 쳐다보곤 이내 중얼거렸다. 아마 희미한 가로등 불빛을 보고 달동네의 사람들은 그것을 달이라 여겼을 것이다. 먼 곳을 바라볼 여력도 없이 앞에 놓인 반짝거림을 달이라 착각했을 것이다. 헛된 희망 같은 거였다. 나타샤도 한때 집을 오가며 어두움에 앞이 잘 보이지 않아 머리 위로 있는 가로등 불빛이 달인 줄 착각했다. 마트를 걸어가는 나타샤 등 뒤로는 가로등 불빛이 듬성듬성 적은 가구의 수만큼 사이사이 꺼져 있었다.

나타샤가 마트에서 사온 건 레토르트 카레이다. 그는 늘 간단하게 조리해 먹을 수 있는 식사를 즐겨한다. 오늘은 웬일인지 그마저도 질려서 밥을 다 먹다 말고 전자렌지 옆 흰 봉투에 하나 남아 있는 오징어를 구워 안주 삼아 술과 함께 곁들어 먹는다. 질긴 오징어를 손가락으로 북북—하고 찢어 먹는다. 그러고선 오늘 내가 몸을 씻었나, 안 씻었나, 생각하곤, 아침에 씻었던 걸 까먹었는지 귀찮은 몸을 이끌고 두 번이나 몸을 씻으러 화장실로 들어간다.

나타샤가 눈알을 씻을 수 있게 된 건 눈의 시력이 점차 떨어질 때쯤이었다. 십여 년 전, 잘못 튀어나온 눈을 꺼내기로 마음 먹었다. 눈을 처음 꺼냈던 그날 이후 무서워 시도조차 해보지 않았다. 그렇게 나타샤는 안경을 착용하지 않고 맨 눈으로 삶을 살아갔다. 곧 그의 시력은 눈알을 빼기 전과 같이 오른쪽, 왼쪽 각각 0.4와 0.1이 되었다.

혹시나 눈을 제대로 빼지 못하는 건 아닌가 싶어 안경집에서 새로 사온 렌즈를 끼고 숨 한번 크게 들이키며 렌즈를 있는 힘껏 뺐다. 또 한 번 똑—소리가 나더니 눈알 한쪽이 튀어나왔다. 그때와 마찬가지로 눈 안의 동굴은 징그러워 눈알을 뺀 왼쪽 눈을 세게 감고 흐르는 물에 조심조심 눈알을 닦아냈다. 서서히 피곤에 찌든 눈의 충혈이 사라지고 누런빛 도는 눈동자가 다시금 뽀얘졌다. 나타샤는 흥분 되었다. 근 몇 년 만에 다시 보게 되는 깨끗한 세상이었다. 그간 안경에 의존할 수도 있었다. 그러나 그는 그렇지 않았다. 굳이 세상의 험한 꼴을 뚜렷하게 보기 싫어서였다. 늘 눈을 찌푸리고 뿌옇게 가려진 세상을 살고 싶어했다. 그래서 가끔은 희미해서 다 잊었다고 생각했다. 그건 순전히 착각이었다. 한겨울 창문에 서린 김 같았다. 눈물 자국 가득한 옷소매로 쓱싹쓱싹- 모든 기억들은 선명하게 다시 살아나, 그를 언제곤 괴롭혔다.

밝아진 왼쪽 눈으로 바라본 거울 속 본인의 모습은 처참하기 그지 없었다. 그래서 나타샤는 볼륨이 크게 틀어진 거실의 텔레비전 화면을 응시했다. 전이었으면 하나도 안 보였을 거리에선 텔레비전에 나오는 예쁘고 잘생긴 연예인이 나와 연기를 하고 웃고 떠들고 있었다. 그는 조금 더 멀리서 텔레비전을 보기 위해 다른 한쪽 눈알도 꺼내 깨끗하게 씻었다. 그럼에도 불구하고 거실에 앉은 그와 텔레비전 사이의 거리는 고작 100cm의 거리도 채 되지 않았고, 배수구로는 충혈된 눈에서 빠져나온 실핏줄이 끈적하게 흘러가고 있었다.

나타샤가 잠을 청하려고 누운 건 내일이었다. 늘 새벽 1시 언저리에 잠에 든다. 가만히 대자로 뻗어 있는 나타샤의 가슴에 큰 돌덩이가 날아와 박힌다. 보이지 않는 공기의 무게가 이렇게 무거울 순 없다. 공기가 나타샤의 몸을 옭아맨다 혹은 옥죄거나. 나타샤를 짓누르는 게 저 하늘의 연민인지 아님 이 땅의 고뇌인지 모른 채 나타샤는 들기도 버거운 공기를 54kg밖에는 되지 않는 몸으로 다 받아낼 수밖에 없다. 그렇게 한참을 뒤척인 후 나타샤는 억지로 잠을 청한다.

* * *

나타샤는 늘 그랬듯 오늘도 공사장에 가 일용직을 한다. 몇 시간도 채 자보지 못하고선 일어나 나갈 채비를 한다. 이 일 마저도 여의치 않다. 전에 다친 허리가 영 제대로 힘을 못 쓰기 때문이다. 꾸역꾸역 나가보려 했지만, 허리가 말을 듣지 않았다. 의사는 허리가 약하다 했다. 그래서 가끔 허리가 괜찮을 때 종종 나갔다. 그렇게 하루를 나가면 나타샤는 며칠을 내리 아파했다.

나타샤는 어릴 때부터 있는 일, 없는 일, 궂은 일, 험한 일, 닥치는 대로 다 해가며 오늘까지 살아왔다. 나름 중학생 때는 공부도 곧잘 했는데, 그 일이 있은 후 공부에도 흥미를 잃다 20살 되는 해부터 주구장창 할 수 있는 일이라면 닥치는 대로 했다. 그럼에도 나아지는 삶은 아니었다. 그는 고작 이렇게 살려고 그토록 힘들었나 싶었다.

인근 아파트 공사현장이었다. 한참을 일하고 나니 어느덧 점심 시간이었다. 옹기종기 인부들이 자리를 펴고 앉아 모여 함께 일하는 젊은 청년을 놓고 자기들끼리 쑥덕거렸다.

"사람이 음침해보여. 아까도 내가 말 거니까 대답도 안 하고 홀렁 다른 자리로 가버리더라니까, 그래. 젊은이가 싹싹하게 굴고 좀 그래야지. 맨날 얼굴에 그림자나 드리우고 있으니, 쯧. 그러니 저 나이에 이런 데서나 일하고 있는 거지."

구석진 곳에서 말도 안 되는 어거지로 남의 험담을 늘어놓고 있는 그들에게 나탸샤는 언성을 높였다.

"당신이나 나나 쟤나 여기서 일하는 거 다 똑같아. 말 함부로 하지 마! 다 각자의 사정이 있는 거야."

"아니, 당신이 뭔데 함부로 나한테 하라 마라야? 그리고 어디서 반말이야? 이 새끼가!"

붉으락푸르락 한 대 팰 듯이 하는 그를 보곤 옆에 있던 한 인부가 참으라며 달랬다. 나탸샤는 그들을 무시한 후 곧장 자리를 떴다.

　인생에 대한 보상심리가 있었다. 이 정도 힘들었으니, 오늘도 이만큼 열심히 살았으니, 이만큼 내일의 행복이 오지 않을까 하는. 그의 소망은 달동네의 가로등과도 같았다. 환멸과 동시에 환희를 느꼈다. 어디까지 안되나 한 번 가보자 하는 마음이었다. 이것이 바로 불행의 묘미였다. 절대로 제 뜻대로 되지 않는 삶에 신물이 났다. 왜 나는 나로 태어나서 이 고생인 건가. 이렇게 살려고 그렇게 발버둥치며 태어난 게 아닐 텐데… 했다. 그래서 나타샤는 젊은 청년을 욕하는 인부에게 언성을 높였는지도 몰랐다. 그 청년이 불쌍해보였다. 나타샤는 청년에게서 자신의 과거가 보여 애잔해 슬피 삭이며 울었다. 매일 같이 죽을 만큼 일해도 죽지 않았고 또 내일을 죽지 않고 살아가는 삶이었다. 내일이 되어도 나아질 기미가 없는 미래였다. 청춘의 슬픔으로 치부되어버린 그의 아픔, 중년의 회환으로 치부되어버린 그의 서러움, 그리고 노년의 허무함으로 치부되어버릴 그의 외로움 뿐이었다. 나타샤의 괴롬은 젊은 날의 그에게, 그의 괴탄은 지난날의 그에게, 말 못 할 삶의 치부로 남았다.

공사장 청년에게 비친 자신의 과거가 껄끄러웠던 나타샤는 집으로 돌아가는 길 가로수 밑에 침을 타악-뱉고는 밑창이 다 떨어진 신발로 흙에다 침을 쓱쓱 섞어 놓았다. 그의 앞으로는 멀끔하게 양복을 입었음에도 행색이 추레한 한 노인이 무언가를 손에 들고 누런 이를 드러내며 웃고 있었다. 몇 발자국 가지 않아 길가의 거지가 개를 끌고는 큰 재킷을 입고 자신의 지정석인 듯한 상점 앞으로 걸어가 앉아 동전통을 꺼내 동냥을 시작하는 것이 보였다.

'곧 죽어도 혼자 살기는 싫은 거지. 배 곯아 죽어도 개 키우며 콩 한 쪽 나눠먹겠다는 거지. 냄새나는 한 쌍이 구질구질. 바깥 시절 땐 식탁에 입 하나 더하는 것도 아까워했으면서 그지 같은 인간들. 구역질 난다. 베개가 필요했나, 말동무가 필요했나. 개 챙길 시간에 지들 입 들어가는 거나 신경 쓰지. 에휴, 꼴에 인간이라고.'

오늘따라 괜스레 꼬일 대로 꼬인 나탸샤는 일당 130,000원을 손에 쥐고 집으로 향했다. 그의 주머니 속에 있던 500원짜리 2개는 욕받이 거지의 동전통에서 짤랑거렸다.

* * *

28

타닥— 8평의 조그마한 집에 불을 환하게 켜자 피시식 하며 생물체가 지나간다. 그 좁고 지저분한 집에 쥐가 나오는 건 당연하다. 나타샤는 텔레비전 밑 서랍장에서 쥐덫을 찾는다. 남의 삶을 죽이며 나의 삶을 이어낸다. 포장을 뜯다 실수로 떨어트려 바닥 카펫에 붙은 쥐 끈끈이는 끝끝내 떨어질 기미가 보이지 않는다.

"젠장."

망했다 싶은 나탸샤는 그냥 내버려두기로 한다. 그 높은 계단을 한 번 더 내려가 쥐 끈끈이를 사는 건 쥐와 함께 사오는 것보다 더 귀찮은 일이다.

'난 얼마나 죽어야 살아날까. 흐르는 대로 사는 건지, 산 대로 흘러가는 건지.' 나타샤는 그저 생각나는 대로 생각했을 뿐이었다.

나타샤의 몸에는 공사장에서 묻혀온 땀과 모래들이 잔뜩이다. 방이자 거실인 애매한 공간에 대자로 뻗어 창문을 응시한다. 창문 밖으로 보이지 않는 곳에선 높은 빌딩들이 굳건히 자리하고 있었다. 팔자라고 하기엔 억울하고 능력부족이라고 하기엔 자존심 상했다. 나름 안 해본 거 없이 다 해본 나타샤였다. 그러나 저 높은 빌딩에서 일하는 저 사람들의 땀과 나타샤가 피땀 흘려 막노

동하며 번 오늘의 가치가 달랐다. 저들이 말하는 "지금처럼만 살고 싶어."라는 말이 궁금했다. 나타샤는 늘 "지금처럼 살기 싫어."를 입에 달고 살았다. 저들처럼 나타샤가 부자가 되려면 누군가가 그 대신 가난함을 택해야 했다. 부는 상대적이니. 부자가 되고 싶은 나타샤는 상상 속에서나마 부자가 된 스스로를 만들어낸다. 그러곤 가난했던 자신의 빈자리에 오늘 만난 거지를 앉힌다. 평평한 지구보다 울퉁불퉁한 지구에서 공평을 찾을 수 있기 때문이다.

나타샤는 상상과 현실의 괴리에 괜한 서러운 마음이 들어 늘 하나씩 먹던 수면제를 그날 따라 네 개나 먹었다. 세상을 향한 아무도 모를 나타샤만의 복수였다. 그렇다고 죽지는 않았다. 다음날 아침 멀쩡하게 살아서 깨어났다.

* * *

'그래, 병원이나 가자.'

죽지 않고 살아 있는 몸을 이끌며 일어난 화창한 오후, 나타샤는 이주 전 예약해둔 대학병원으로 발걸음을 향한다. 아픈 그가 부릴 수 있는 약간의 사치. 실비보험 하나 없는 나타샤는 사소한 몸의 삐걱임에도 동네병원의 진료의뢰서를 들고 대학병원을 가 치료를 받는다. 그는 대학병원의 활기참을 좋아한다. 다 죽어가는 사람들 사이 북적북적 바삐 움직이는 사람들. 그들을 위로하려는 건강한 사람들의 발걸음. 머리가 좋은 사람들이 아픈 사람을 고치 며 북적이는 공간에서 그는 희열을 느낀다.

'소싯적 공부를 조금 더 열심히 했더라면 이렇게 좋아하는 병원 에서 일했을 텐데.' 하며 하등 이루어질 일 없는 상상을 하다 이내 결국 혼잣말을 했다.

"병원에서 태어났으니, 병원에서 죽는 것도 어쩌면 즐거운 일일 것 같다."

인간에게 안 아픈 곳이 없는 '여기저기'란 성한 곳이 없는 관절 마디마디 피부 곳곳을 일컬었다. 나타샤는 늘 잔병이 많았다. 당 뇨병, 고혈압, 그 외 기타 만성질환, 만성피로, 등등등… 평생을 인간은 고쳐지지도 않을 병을 달고 산다. 인생이 달다는 게 병을 달았다는 말에서 나온 건가 싶었다. 어릴 땐 코피도 자주 흘렀다. 틈이 날 때마다 한 번, 잊을 때마다 두 번. 수업시간에 주르륵, 지 하철에서 주르륵, 공사판에서 주르륵. 결국 나타샤의 아픔은 상대 방에게 번거로운 일이 되어버렸다. 결국 그는 이비인후과를 가,

코 속을 지졌다. 의사가 코를 떼어가나 싶을 만큼 아팠다. 그 이후로 나타샤의 코에서 더이상 코피가 나는 일은 없었다. 후에 '세상 사람들은 나 몰래 이렇게 편한 삶을 살았구나.'라고 생각했을 뿐이었다.

나타샤는 그저 병원의 활기참 속에 병이 달아나기를 바랐다. 골골 팔십이라고 그런 나타샤를 보고 어머니는 말했다. 그럴 때마다 나타샤는 거들었다. 건강 사십, 적당히 건강해서 적당히 살다 죽을 거라는 말을 입에 달고 살았다. 젊은 나타샤의 말에 엄마는 쉰 넘은 네 엄마 들으라는 소리냐고 타박했다. 쉰 넘은 나타샤의 엄마보다도 더 나이가 많아진 나타샤에게 어느 날은 비염이 생기고, 또 다른 날은 심장이 아프고 오늘은 머리가 또 말썽이었다. 늘 의사는 말했다.

"아무 이상없네요."

고쳐지지도 않을 질병들이 수두룩했다. 분명 나타샤는 아팠다. 나타샤의 눈엔 그 모든 아픔들이 보였음에도, 남의 눈에는 보이지 않았다. '이렇게 골골댈 거, 남들 위로라도 받게 이 병 저 병을 한 방으로 퉁칠 수 있는 그런 큰 병 없나. 이렇게 자잘한 병 말고.' 그의 몸은 딱 죽지 않을 만큼 아프고, 힘들었고, 괴로울 만큼 그를 귀찮게 했다. 억울하게 자질구레한 병을 지니고 이유도, 원인도 모를 고쳐지지도 않을 질병을 들고 사느니 나 아프다고 동네방네 떠들어 측은한 눈빛을 받고 싶다고 나타샤는 생각할 뿐이었다. 그럼에도 괜찮냐고 물어봐줄 주변 사람이 아무도 없음을 자각하곤 이내 고개를 숙였다.

유독 잔병치레가 많았던 어린 나타샤를 보고 엄마는 몸에 좋은 거라며 비싼 돈을 들여 한약을 먹인 적이 있었다. 이 돈이 어디서 났냐며, 그는 화를 냈지만, 환불도 안될 뿐더러 버리기엔 한약이 아까웠다. 나타샤는 어찌저찌 30일치의 약을 꾸역꾸역 삼켰다. 결국 기력은 좋아지지 않았고, 입 안에선 쓰고 텁텁함만이 남았다. '인생이 이렇게 쓴 거라면 몸에 좋은 거겠지.'라고 마지막 남은 한약봉지를 보고 나타샤는 생각했다. "사는 데 좋은 거야."라고 한약 살 돈을 차라리 직접 손에 쥐어줬더라면, 그 돈이 덜 아깝지 않았을까. 결국 15만 원을 버린 셈이 되었다. 나중에 알고 보니 엄마는 아들 약값으로 쓴 12만 원 때문에 생활비가 부족해 친구에게 돈을 빌려다 썼다.

오늘도 "별 문제없다."는 소리를 들었다. 괜히 기대했다. 젠장, 단순 만성 두통이었다. 손에는 2주짜리 약봉지가 들렸다. 그는 문득 자신에게 아무 이상이 없다는 걸 처음 들었을 때를 떠올렸다. 대학병원에 처음 간 날이었다. 눈이 꺼내진다고, 뇌가 꺼내진다고 섣불리 말 할 수 없었다. 그저 '머리가 이상하다, 눈이 이상하다.' 말할 뿐이었다. 온 동네병원을 돌아다녔다. 마지막으로 간 곳이 대학병원이었다. 그럴 때마다 들려오는 의사들의 한결같은 말은 "아무 문제 없다."는 대답뿐이었다. 그때부터 나타샤는 짐작하기로 했다. '문제는 나 자신이었구나.' 또 본인을 탓하며 자신의 신체 비밀을 숨기기로 했다. 그건 본의 아니게 살면서 꽤나 유용한 삶의 원동력이 되었다.

보잘것없는 내가 이런 능력이 있다는 걸 알면 모두가 놀라겠지. 그는 자신만이 가지고 있는 특별한 재능을 숨기고 살았다. 마치 숨겨진 회장님 자식이라도 되는 양, 그 사실을 감췄다. 누군가 나타샤를 보고 비웃거나 비난할 때도 '내가 이렇게 대단한 사람인 거 너는 모르지.' 하는 심정으로 나름 자존감을 지키고 있었다.

* * *

대학병원을 등지고 나타샤는 한숨을 깊게 푸욱― 쉬었다. 그러고선 길거리에 사람이 있는지 없는지를 확인했다. 자신의 한숨에 땅이 꺼질까 염려되어서였다. 아쉽게도 그런 일은 일어나지 않았고, 나타샤 때문에 죄 없는 다른 사람에게까지 땅에 폭삭 가라앉는 민폐는 끼치지 않게 되었다. 불행인지 다행인지 싶었다.

집으로 돌아가기 전 한 음식점에 들렀다. 나타샤는 몸이 아플 때마다 그 부위의 부속물을 먹는다. 아픈 부위를 다른 이의 것으로 새로 채워 넣으면 몸이 건강해지는 것만 같은 느낌이 들어서였다. 오늘은 최근 술을 자주 먹어서인지 간이 조금 아팠다.

방금 시킨 순댓국밥이 나탸샤 앞에 놓였다. 한 술 뜬 국밥이 뜨거워 호호 불어 먹었다. 허겁지겁 먹다 결국 혀를 데었다. 유명한 순댓국밥집의 순댓국에서는 뜨거운 맛이 났다. 자신에게만 그런가 싶어 옆 테이블을 둘러보았다. 다들 맛있게 깍두기 하나에 국밥 한 숟가락씩 잘도 먹었다. 더불어 수육까지 시켜 자신 앞에 앉은 일행과 함께 나눠 먹었다. 나탸샤에게는 맛있는 맛보다 뜨거운 맛이 자꾸 느껴졌다. 혼자 온 나탸샤는 주변의 수육에 시선이 갔다. 혼자 온 나탸샤는 결국 자신의 눈길을 코 앞의 국밥에 돌릴 뿐이었다. 뚝배기에 담긴 국밥의 김에서는 모락모락 뜨거운 맛이 연신 폴폴댔다. 옆자리에선 직장인으로 보이는 중년 남성 두 명이 신세를 한탄하고 있었다. 그들은 저 앞에 있는 높은 건물의 유명 회사쯤으로 보이는 사원증을 목에 걸고 있었다.

"이번에 막내딸 유학 보냈는데, 진짜 큰아들 하나 보낼 때랑 확연히 달라. 아주 아내가 허리띠 졸라매며 살고 있다. 아내나 나나 그냥 캐나다 말고 동남아 보낼 걸, 하고 후회한다니까."

"어휴, 우리 중에 제일 좋은 집 사는 놈이 더 그러네. 그 집만 팔아도 너끈하겠구만, 뭔 걱정이야. 나는 주식으로 이번에 꼴아 박은 돈이 얼마냐. 너는 자식새끼 투자해서 남는 게 있지만 난 남는 것도 없어."

"사업 번창하는 부모 잘 만나 걱정 없는 놈이 그깟 주식이 뭔 상관이야."

'……어찌 잘사는 네 탓을 하겠어, 못사는 날 탓 해야지.'

나타샤의 내심에서 나온 조용한 소리가 식당의 후루룩 거리는 소리에 묻혔다. 그들은 오고 가는 숟가락과 젓가락 사이로 침을 튀겼다. 그들이 남기는 갖가지 염려와 함께 깍두기가 담긴 반찬 접시는 비어가고 있었다.

"아줌마, 여기 깍두기 조금만 더 주세요!"

빈 접시를 채우기 위해 그중 한 명이 큰소리로 깍두기를 주문했다. 곧 두 직장인에게 깍두기를 건네는 식당 아줌마 뒤로 비친 텔레비전 쇼에서는 한 유명인이 걱정과 고민으로 가득찬 눈물을 뚝뚝 흘리고 있었다.

"돈도 많으면서 뭔 놈의 걱정이야 저 양반은, 그래."

나타샤는 그 말을 듣자마자 피익-하고 다 불은 풍선의 공기가 빠지듯 웃고는 남은 국물을 입 안으로 꿀꺽 집어 삼켰다. 나타샤는 그르럭- 의자 소리를 크게 내며 계산대로 가 밥값을 지불하곤 밖으로 나와 땅을 보고 말했다.

"니나, 개나."

나타샤가 보기에 맘 편히 사는 사람들이 근심과 푸념을 늘어놓는 것은 꽤나 재수가 없었다. 다 가진 인생이 좋을까, 다 없는 인생이 나을까, 나타샤는 생각했다. 그들이 가지는 걱정은 그 사람들에게 있어 과분한 감정이었다. 배부른 소리였다. 본인만이 누릴 수 있는 감정을 빼앗기는 기분마저 들었다. 그렇다고 행복해 보이는 사람이 행복하게 사는 것을 좋게 보는 것도 아니었다. 껄끄러워하며 탐탁치 않아 했다. 아니, '다가가기를 두려워했다.'라고 말하는 게 더 나아보였다. 자신의 치부가 더 부각될 것 같아서였다. 그렇다고 자신과 같은 처지에 있는 사람들과 있는 걸 즐겨하지도 않았다. 그들을 보며 자신이 낫다 위로하지 않았다. 그저 보기에도 괴로운 짐을 하나 가득 들고 있는 사람들을 보면 자기도 모르게 무서워서 피했다. 그 사람들에게 드리워진 그늘의 이유를 알면 짙게 깔린 그늘이 자신에게도 옮겨질 것 같아서였다. 다른 사람들도 나타샤와 같은 마음이었는지, 나타샤를 보면 피했다. 그래서 나타샤는 늘 혼자였다. 본인을 향한 그늘인 줄 알았던 그 드리움이 자신의 얼굴에 진 그늘이었다는 걸 알게 된 건 그리 오래지 않았다. 아니, 일찌감치 자신이라는 존재를 스스로 인지할 때부터였는지도 모른다.

* * *

그런 나타샤에게도 꽤 오래 사귄 여자친구가 있었다. 그들은 꽃보다도 싱그러울 만큼 나름 예쁘게도 사귀었다. 22살때부터 27살까지였다. 나타샤는 여자친구와 함께 있으면 정말이지, 나무 밑에 온 것만 같았다. 그의 송글송글 맺힌 땀방울을 없애주는 유일한

사람이었기 때문이었다.

그 나무가 사라졌을 때 나타샤는 빛을 잃은 것 같았다. 사랑이 다인 줄 알았던 여자친구가 차츰 나이가 들자 별 볼일 없는 나타샤가 달리 보였다. 썩 좋은 남편이 될 것 같아 보이지 않아서였다. 6년 간 한 번도 보여주지 않았던 집을 여자친구에게 보여준 날이었다. 나타샤와 반지하에 살아도 행복할 것 같던 그녀였지만 막상 달동네의 맨 꼭대기에 있는 그의 집을 보고는 뒷걸음을 치다 이내 계단에서 발을 헛디뎠다. 나타샤가 그 정도일 줄은 생각하지 못했다. 그녀는 그저 나타샤가 그렇게나 열심히 사는 게 생활력이 강해서라고만 생각했다. 나름 중산층에 속했던 그녀는 그 길로 뒷모습을 보이며 떠나고 말았다.

헤어지기 며칠 전, 약간의 높은 담벼락 뒤에 있는 그녀의 집에서 여느 때와 같이 놀며 어린 시절 사진을 보고 있을 때였다. 여자는 고등학교 단체사진이 있는 뒷장을 넘기며 나타샤에게 물었다.

"나는 고등학생 때로 돌아가고 싶어. 그때가 친구들이랑 재밌게 놀고 아무 생각없이 행복했던 것 같아. 너는? 너는 어느 때로 돌아가고 싶어?"

어느 때로 돌아가건 그 당시 나타샤가 짊어져야 할 슬픔과 괴로움과 서러움이 공존했다. 그는 말했다.

"없어, 그런 거."

그러다 그런 게 왜 없냐며, 타박인 듯 장난스레 말하는 여자친구 옆에서 긴 침묵을 유지하며 생각을 하더니 한 때를 콕 집어 말했다.

"6살 때?"

"왜?"

"내가 기억하지 못할 그때가 가장 행복한 때이지 않았을까?"

나타샤는 그가 기억할 수 있던 가장 어린, 인생의 첫 기억을 아직도 간직하고 있었다. 그의 기억은 초등학교 1학년 때였다. 나타샤는 생각했다.

'첫 기억을 잘못 끼웠어.'

나타샤의 첫 기억은 엄마가 돈을 벌러 매일같이 밖으로 나가는 동안 아빠가 집에서 술만 퍼 마시던 장면이었다. 아빠는 성실하지 않았다. 늘 놀고 먹었고, 자신의 불행이 다 이놈의 여편네 때문─이라는 말을 달고 살았다. 모든 잘못을 엄마 탓이라 했다. 왜 그런 말을 했는지는 열심히 아빠 몫을 대신하는 엄마도, 그런 엄마를 보고 어린 나이에도 연민을 느끼는 나타샤 본인도 몰랐다.

엄마와 아빠가 사귈 때에도 아빠는 늘 폭력을 썼고 무시를 일삼았다. 그럼에도 이 사람을 책임질 사람은 자신밖에 없다고 나타샤 엄마는 여겼다. 그렇게 심순분이라는 이름을 가진 엄마는 이씨를 낳았다.

나타샤의 아빠는 결혼을 하고 나서도 그대로였다. 술을 핑계로 윽박지르고 온갖 집안 살림을 부쉈다. 가장으로서 집에 돈을 가져오는 일은 적었다. 그럼에도 늘 신문에 나오는 돈 많은 사람들을 폄하했다. 그들의 열심과 노력을 짓밟으며 될 수 있는 한 무작정 욕했다. 가진 것이 없는 아빠는 많이 가진 사람들을 그렇게나 질투했다. 사기 치고 등쳐먹을 인간들이라 말했다. 그들이 그렇게까지 높은 곳에 오르기 위해 한 젊은 시절의 피와 땀을 무시했다. 그런 아빠를 보고 나타샤는 그를 철저하게 무시하기로 마음먹었다. 닮을까 무섭다고 늘 생각했다.

누군가 나타샤를 어릴 때부터 조금이라도 곁에서 지켜봤다면 보였을, 뻔한 인생에 뻔한 슬픔이었다. 신파. 흔하디 흔한 우리네

이야기였다. 가난, 가정불화, 뜻대로 되지 않는 자신의 인생 등. 그럼에도 나타샤는 자신의 슬픔을 간과하지 않았다. 신물이 났음에도 모조리 끌어 안았다. 인생의 슬픔을 우려먹었다. 그리고 있는 힘껏 슬퍼했다. 죽을 것만 같은 과거의 삶에서 자신을 꺼내와 나타샤는 여자친구에게 말했다. 서로는 이유를 묻지도 말하지도 않았다.

"그만 죽고 싶어."

나타샤의 삶엔 죽고 싶은 이유도 여러가지, 죽는 방법도 여러가지였다. 그런 그에게 있어 여자친구는 살고 싶은 단 한가지 이유였다. 그래서 늘 말했다. 죽을 만큼 사랑한다고가 아닌,

살 만큼 사랑해라고.

결국 그 살고 싶던 이유의 존재가 나타샤의 죽고 싶은 이유 중 하나인 자신의 집 앞에서 붕괴되고 말았다.

나타샤는 아무 생각없이 길을 걷다 집에 가는 길을 잃어버렸다. 애저녁에 가야 할 길이 있었나 싶었다. 그 길로 털레털레 정처없이 걷다 근처 술집에 자기도 모르게 들어가 한참을 있다 나왔다. 그의 몸 속에선 소주 2병과 맥주 3잔이 몸을 휘청거릴 때마다 출

렁거리고 있었다. 어느새 어둑해진 길가에 술에 거나하게 취한 나타샤가 검은 그림자들에게로 다가갔다. 가까이 가보니 초등학생쯤 되는 여학생과 그의 엄마로 보이는 여성이었다. 그들은 나타샤를 보자마자 소리를 지르며 피했다. 나탸샤 뒤에서는 욕을 하는 소리까지 들렸다. 그 소리에 정신이 확 깼다. 아빠 생각이 났다. 그 길로 미친듯이 집으로 뛰어와 술을 모조리 가져다 버렸다. 자신에게 환멸을 느낀다. 더럽게도 그와 같은 피가 흐르는 내 몸이 썩어가는 것 같다고. 나타샤는 화장실로 들어간다. 아빠의 성질과 모습을 닮은 얼굴이 너무나도 싫다고 느낀다. 조금이라도 그와 닮은 몸의 일부분을 떼어 내기 위해 그 어느때보다 박박 뇌와 눈에 붙어있는 핏줄을 닦아낸다. 결국 짜증이라는 감정이 더욱 더 스멀스멀 올라올 뿐이다.

* * *

운을 바랐다. 오늘은 정말이지 하나라도 노력없이 되는 일을 바랐다. 대충 튼 텔레비전에 나온 한 프로그램의 강연자는 "세상에 뜻대로 되는 건 없다. 그러니 낙심하지 말라."고 했다. "뜻대로 안

44

된 게 아니라 예상에 없던 일들이 닥치니까 문제."라고 나탸샤는 중얼거린다. 심술이 나 후다닥 리모컨을 찾아 전원버튼을 누르고 어디 있는지 모르는 신께 밖으로 나갈 채비를 하며 기도를 한다.

'제발, 오늘은 운이 나에게 임하게 해주세요.'

간절한 부탁이었다. 매일 늦게 오던 집 앞의 버스가 어쩐 일인지 오늘은 제 시간에 왔다. 나탸샤의 인생에 다가온 운 하나가 그저 때맞춰 오는 버스였다. 신의 실험 쥐가 된 것만 같은 기분이 든다. 그에 나탸샤는 마음 속 깊은 곳에서 몰려온 허탈감을 버스카드의 삑─ 소리와 함께 뱉어냈다. "다 짜증난다. 죽고 싶다. 내게 죽을 수 있는 힘이 생겼으면 좋겠다."라고 조용히 중얼거렸다. 그러나 이제는 살아갈 힘도 잃은 상태였다. 이 버스가 폭파 되었으면 하는 생각도 잠시 나탸샤와 함께 타고 있는 승객을 쳐다보곤 그 생각을 떨쳐버렸다. 괜히 뒤에 있던 배가 부른 산모에게 미안한 눈을 하고선, 동터오르는 창문 밖으로 시선을 돌렸다.

'살고 싶어. 죽고 싶기도 하고(……).'

나탸샤는 수많은 괄호 속에 침묵을 유지한 채였다.

세상에 내 때는 아직 오지 않은 것 같다고 나탸샤는 생각했다.

나타샤는 스스로를 때에 맞지 않는 세상의 이름을 한 사람과 같이 여겼다. 그러다 그는 문득 마음을 바꿔 먹었다. '세상에 나의 때는 없는 것 같다. 나의 때는 내가 죽은 뒤에나 오려나 보다.'라고 단념할 수밖에 없었다. 대단한 걸 바란 건 아니지만, 그렇다고 이런 삶을 바란 것도 아니었다. 나타샤는 살아갈 용기도 그렇다고 죽을 용기도 없었다. 이 괴로운 상황 속에서도 살아간다는 게 긍정을 바란다는 신호가 아닐까. 이 부정적인 상황 속에서도 살아간다는 자체가 자신이 할 수 있는 마지막 의지가 아닐까 하고 나타샤는 생각했다.

오늘 겪은 운에 대한 허탈감에 집에 돌아오자마자 나타샤는 부엌의 식탁에 놓인 유통기한이 임박한 종합 비타민과 유산균 그리고 프로폴리스를 닥치는 대로 챙겨먹었다. 몸이 여기저기 아프면 일찍 죽을 줄 알았다. 그러나 그건 아니었다. 일을 하는 데 방해가 될 뿐, 사는데 불편하기만 했다. 맨날 지치고 매번 남들보다 뒤쳐졌다. 만성염증, 무기력증, 불면증 등등의 것들 때문이었다.
다음날 나타샤는 동네 현수막에서 본 6개월에 15만 원짜리 헬스장 광고를 보고 곧장 헬스장으로 달려갔다. 큰 마음 먹고 간 곳에서 고민 끝에 6개월의 이용권을 구입했다. 1개월을 등록했을 때보다도 훨씬 더 저렴한 금액이었다. 곧바로 운동을 시작했다. 런닝머신을 타고 20분이 지나자 땀이 주르륵 흘렀다. 오랜만에 쓴 다리 근육이 통증을 유발했다. 언제 끝나나 했던 시간이 결국 30분이 지나자 끝이 나고야 말았다. 운동을 하며 아픔을 분산했다. 아픈 곳이 어디인지 모르게 만들 만큼 뛰고 또 뛰었다. 무거운 바벨을 들었다가 어느 순간 턱─하고 떨어트렸다. 죽어라 운동하는 건 몸을 건강하게 만들 뿐이라는 생각에서였다. 삶이 불편한 건 싫지만 건강해지기는 싫었다.

운동을 끝내고 집에 돌아오는 길, 횡단보도에서 신호를 기다리다 몸을 앞으로 숙여 발을 차도에 가져다 대었다. 쌩쌩 달리는 차들 속에서 나타샤는 멈춰섰다. 그러길 잠시, 잰 걸음으로 집으로 달려가 음식을 마구잡이로 욱여넣었다. 그날도 밤을 지새웠고 다음날 집 안에 있는 수면제와 감기약을 닥치는 대로 먹었다. 스스로를 괴롭힌다. 그마저도 안되겠는지 부엌의 칼을 꺼내 든다. 그러다 이내 다시 내려놓는다. 죽은 후에도 민폐가 될 수는 없다. 피가 처억처억─나는 자신의 시체를 치울 사람들이 염려가 된다.

'곧 죽을 놈이 산 사람 걱정은 해서 뭐하나.'

나탸샤는 자신의 인생에서 할 수 있는 가장 마지막 배려에 실소를 터트리고 만다.

그는 부엌에 멍하니 서서 한참을 있다 마지막 용기를 낸다. 나타샤 스스로의 인생에 할 수 있는 가장 큰 복수를 하기로 결심한다. 화장실이 아닌 거실에서 늘 하던 대로 뇌를 꺼내 놓는다. 그후 눈알을 꺼낸다. 꿈에서처럼 몸을 웅크린 채 엄마의 배 속에 들어간 듯 잠잠히 숨을 죽인다. 1분, 2분… 5분, 9분…… 이리도 오랫동안 바깥으로 그것들을 꺼내 놓는 건 처음이었다. 점차 이준성의 괴로움이 그라데이션처럼 희미해진다. 흐릿해져가는 세상이 속눈썹 위로 보인다. 이준성이 나타샤가 되어야만 했던 이유, 아, 눈을 감아야 끝이 나는 것이었다. 죽음의 이유는 삶이었다. 그 와중에도 엄마가 3년 전 지병으로 미리 돌아가셔서 다행이라는 생각을 마지막으로 나탸샤는 끝내 그리고 마침내 숨을 거뒀다. 몇 분이 지나지 않아 나타샤의 희미해지는 의식 사이로 집주인의 터덕터덕 거리는 발소리가 났다.

그의 곁엔 6개월짜리 헬스장 구독 영수증과 나탸샤의 저녁식사가 될 뻔했던 마트에서 산 레토르트 미역국이 놓여 있었다.

그렇게 돈 아까운 줄 모르고 나타샤는 결국 죽어버렸다.

아지랑이의 너

개는 울어도 웃어도 멍멍,
고양이는 웃어도 울어도 야옹,
개구리는 웃어도 울어도 개굴개굴,
너는 웃으면 하하, 울면 엉엉이었는데,
아무도 몰라줬다.

나는 너를 이해하려고 했다. 그런 나에게 너는 말했다.

"세상 사람들은 날 이해하지 못 해. 이해를 못 하니 위로를 할 수도 없어. 사람들은 서로를 위로하지 않아."

이렇게 말하는 너를 나는 이해하기 힘들었다. 사람들 모두가 각자의 아픔을 짊어지고 산다지만 아픔이 느껴지는 상대적인 고통은 누구보다도 네가 훨씬 더 컸으니까. 그럼에도 밝은 나는 어두운 너에게 기대었다.

"내가 흐르는 눈물로 상대방의 슬픔이 가려져서 내겐 보이지 않아. 그럼에도 내 존재가 네게 힘이 된다면, 나는 그 사실로 족할래."

"너 이 노래 알지?"

너의 집에서 각자 할 일을 하고 있을 때 너는 노래를 하나 듣더니 나에게 들려주었다. 너는 읊조리듯 운율에 맞춰 노래가사를 따라 불렀다.

"얼굴 찌푸리지 말아요, 모두가 힘들잖아요-."

경쾌한 노래와는 반대로 너는 짜증을 냈다.

"모두가 힘든 거, 다 어쩌라는 거지? 나는 나를 위해 우는 건데,

남을 위해 어떻게 웃을까?"

정말로 알고 싶다는 듯이 무연한 채 말하는 너에게 나는 맞장구를 쳐주며 "그동안은 널 위해 울었으니, 이젠 널 위해 웃자.", "이 동요가 잘못했네." 등의 말을 덧붙여 위로했다.

"네 말이 다 맞네. 남을 위해 웃으라는 거잖아. 나는 아무리 힘들어도. 나 때문이 아니라 남을 위해."

내 대답을 다 듣고 너는 웃었다.

"왜, 뭐가 그렇게 웃겨?"

"그냥. 너도 내가 별로라는 거에 같이 별로라고 느껴줘서."

너는 사소한 거에도 그렇게나 환하게 웃었다. 이기적이게도 때론 다같이 힘내자, 보다 다같이 힘들자, 라는 말이 마음에 더 와닿는 경우도 있다고 말했다. 그런 너에게 나는 아무튼 화이팅을 외쳤다. 슬픔을 맛본 사람은 회복하기 힘들었다. 그럼에도 어쨌거나 너에게 좋은 일이 있겠지, 싶은 마음이었다.

한가로운 때에 각자의 할 일을 끝내고 난 오후, 함께 텔레비전 앞에 앉아 한 연인의 일상을 담은 리얼 연애 버라이어티 프로그램을 틀었다.

"너는 너 스스로를 우리 사랑의 갑이라고 생각해? 을이라고 생각해?"

"응, 난 늘 을이지."

처음엔 네가 날 더 좋아했지만, 이젠 내가 너를 더 좋아하는 것 같다고 말했다. 네 마음이 먼저 내게 와 닿았을까. 내 마음이 네게 가닿았을까. 나는 어느 샌가 너의 어깨에 오랫동안 맞닿아 있던 나의 볼을 쓰다듬으며 생각했다. 그러곤 나의 말에 뒷받침을 하기 라도 하는 양, 요즈음 대충 받는 너의 전화횟수와 일에 몰두할 때 면 늘 귀찮은 듯 대충하는 문자를 들먹였다.

연애 초반, 너는 내게 문자를 할 때면 꼭 슬래시를 네 개나 붙였 다. 왜냐고 물은 적이 있었다.

//부끄러우니까 그렇지//

"다 잡은 물고기다, 이거지?"

"아, 아니야! 바빠서 그랬어. 너도 가끔 바쁘면 내 연락 잘 안 받 잖아! 그래서 나 싫어?"

"아니, 괜찮아. 집중하면 아무것도 신경 안 쓰는 네가 내 전화를 받아주는 것만해도 고마워."

자기의 마음을 알아줘서 고맙다는 듯이 너는 아이같이 히히—웃 으며 보조개를 움푹 패곤, 더욱 더 커진 애교살과 함께 빙그레 웃었다.

  나는 너의 '좋아하는 사람'이었다. 처음이었다고 했다. 누구에게
든지 살갑고 구김살이 없는 나를 보고 질투가 안 났다고. 그런 너
를 보고 나는 약간의 연민을 느꼈다. 때로는 불쌍하다고도 여겼
다. 기댈 곳 없어 보이는 너여도, 가끔 사회생활에 지쳐 누군가의
토닥임이 필요할 때마다 너의 어깨를 빌리는 내게 너는 충분했다.
어깨라는 건 참으로 고마운 곳이었다. 네가 내 어깨 위에 손을 올
리는 것만으로도, 내가 너의 어깨에 기댄다는 것만으로도. 말하지
않아도 나는 너에게 고마움을 항상 느꼈다.
  "근데 아무리 생각해도 내가 널 더 좋아하는 것 같은데?"
  "아니야, 내가 더 널 좋아해!"
  투닥투닥. 누가누가 더 많이 좋아하나 내기라도 하듯이 너와 나
는 사랑의 크기를 대결했다. 결국엔 네가 승이었다.
  "그래, 우린 똑같이 서로를 좋아해."
  한바탕 우린 귀여운 사랑싸움을 하고 덤덤히 지나간 일처럼 그
간 소홀해진 연락 횟수에 대해 마저 이야기했다. 처음에 하도 많
이 연락을 해 지금의 남들과 같은 보통의 연락 횟수가 상대적으로

적다고 느껴졌는지도 모르겠다며 대화를 마무리했다. 그 후 너는 물어보지도 않은 첫 연애 이야기를 풀어놓았다.

"첫 남자친구가 연락 진짜 안 했는데. 다른 친구랑은 그렇게 연락도 자주하고 약속도 매번 잘만 잡았으면서. 그래도 좋았어. 어떤 형태로든 누군가 내 옆에 있었다는 게."

"나는 사랑이 뭔지 몰랐던 것 같아. 받아본 적이 없으니. 그저 내가 좋아하는 애가 하는 그 모든 게 사랑이라고 느낀 거지. 외롭게 자라서 그랬나 봐. 나는 걔가 내 첫 연애의 상대라는 게, 평생 안고 가야 하는 추억이라는 게 너무 싫어."

옛 연애를 회상하듯 말하는 너에게 나는 말했다.

"터미네이터2 영화 알아?"

"응, 우리 저번에 1편 같이 봤잖아. 근데 갑자기 왜?"

터미네이터2는 전편보다 뛰어난 속편의 가장 대표적인 예라고. 내가 너의 첫 연애를 능가할 만큼의 큰 사랑을 너에게 준다고 말했다.

널 보면 항상 느꼈다. 널 사랑하는 감정이 너무 많아 어떤 것부터 꺼내야 할지 모르겠다고. 무슨 말이든 부족하겠지만, 무슨 감정을 표현하든 결론은 너를 좋아한다는 거였다.

"왜, 사람은 안 변한다던데, 사랑은 변하는 걸까."

"너는 안 변할 거지?"

나의 마음을 확인하듯 너는 언제나 정해져 있는 답을 물어보았다.

"응, 당연하지. 널 사랑하는 나라는 사람은 변하지 않을 거니까."

그렇게 너의 알고 싶지 않았던 첫 연애 이야기를 마치고 우리는 하루를 정리했다.

* * *

다음날, 좋은 날씨 덕분인지 어린아이, 어른, 노인 할 것 없이 모두가 밖에 나와 산책을 하고 있는 공원을 너와 함께 걷고 있었다. 공원 바로 옆으로는 한낮임에도 불구하고 빨갛게 번쩍이는 십자가가 크게 세워진 교회가 그곳의 랜드마크인 양 자리하고 있었다. 그 앞으로는 한 남자가 오래도록 고개를 빳빳이 들고 그 불빛을 쳐다만 볼 뿐이었다.

매번 너와 걷는 길거리에서 조그마한 아이들을 보면 너의 어린 시절로 가 너에게 인사하고 싶다 여겼고, 모르는 노인을 봐도 너의 미래로 가서 반갑게 인사하고 싶다고 느꼈다. 더불어 너를 나의 마흔에도, 쉰에도, 예순에도 데려가고 싶었다. 함께한 어린 시절은 없지만, 나와 함께할 너의 미래를 보고 싶었기 때문이었다. 이 마음을 아는지 모르는지 너는 문득 놓친 것이 있는 것처럼 가을을 알리는 길거리의 배경에 깜짝 놀랄 만큼의 큰소리로 외쳤다.

"어머나! 저기 저 단풍잎들 좀 봐."

"우와, 알록달록하네, 꼭 시리얼 같아."

너는 나의 표현에 방긋 웃으며 "이 가을이 지나고 겨울이 와 낙엽 위에 우유 같은 눈이 내리면 정말 시리얼 같겠다."라고 말했다.

"첫 연애를 한 그 애랑도 가을에 헤어졌는데. 너는 낙엽이 물드는 거라고 생각해, 변하는 거라고 생각해? 나는 그 때까지만해도 참 애틋했는데 그 아인 떨어지려고 했어, 나랑. 이 낙엽처럼."

"자꾸 아련하게 왜 그러실까. 그럼 그 애 찾아가. 나 삐친다?"

장난스럽지만 질투 가득한 말투에 너는 단호하게 말했다.

"너도 알잖아, 나 한 번 아니면 아닌 거. 근데 그 아이가 그렇게 모질게 날 대했어도, 좋아하는 마음은 어쩔 수 없었어. 걔가 헤어지자고 말하기 전까진. 근데 이제 그 친구가 난 참 고마워. 그 놈 아니었으면 널 만날 수 없었으니까."

　오랜 연애의 첫 헤어짐을 맞이한 너는 겨울의 첫 눈 오는 추운 날, 나와 첫 만남을 했다. 소개팅 전날 밤, 잠이 오지 않아 편의점에 들러 202X년 5월 17일에 제조된 아이스크림을 샀다. 냉장고 바닥 구석탱이에 있던 서리가 잔뜩 낀 그 아이스크림을 일년이 지난 11월 20일에서야 드디어 먹었다. 199X년 7월 14일에 너는 태어났다. 나는 202X년 11월 21일에서야 드디어 너를 만났다. 그게 우리의 첫 만남이었다.

　동네 형이 주선한 소개팅 자리였다. 긴 생머리를 한 너는 단아한 이미지에 새하얀 눈의 색을 빼앗은 듯한 투피스에 옅은 곤색의 코트를 걸쳐 입고 있었다.

　"안녕하세요."

　박력 있게 나는 너에게 먼저 인사를 했다. 너는 어색해 하면서도 나의 인사를 환하게 받아주었다. 너와 나 사이에 몇 가지의 질문과 답이 오고 가다 우린 바깥의 날씨에 대해 이야기를 나누었다. 너는 추위를 싫어한다고 했다. 그래서 집에서만 시간을 보내는 자신의 일이 좋다고도. 매번 이 추운 날 아침마다 저녁마다 회사를 오고 가려면 힘들겠다고 내게 걱정 아닌 안위를 물었다. 그런 너에게 나는 "이것도 익숙해지면, 나름 괜찮아요."라고 말했다. 함께 나눈 대화 속에서 너에 대해 조금씩 알아갔고, 나는 아무도 찾지 않았던 냉장고 깊은 곳의 성에가 낀 아이스크림을 집었던 것과 같은 무언의 이끌림에 첫눈을 너와 함께 맞고 싶다고 느꼈다. 나는 저녁식사를 하러 가는 10분 남짓의 거리까지 함께 걸어가지 않겠냐고 너에게 물었다. 나의 제안에 추위를 싫어하는 너였지만 나와 함께 선뜻 밖을 나서주었다. 첫눈이었지만 바닥엔 제법 눈이 쌓였고, 우리는 그 길을 함께 걸으며 이야기를 나누었다. 첫눈을 밟고 그 넓고 긴 눈 길을 함께 망가뜨렸음에도, 그 흔적은 나의 신발에 고스란히 남아 있었다. 처음의 흔적이 나에게 남았다.

나이가 지난 후 습득한 단어는 언제 어디서 그 단어를 받아들이게 되었는지 계속 머리 속에 남아 있었다. 가령 캡쳐의 순수 우리말을 찾기 위해 알아본 '갈무리'라든지, 중학교 시절 사극 드라마에서 본 '언질'이라는 단어와, 초등학생때 만화책에서 본 '염탐'이라는 단어까지. 그렇게 나는 '사랑'이라는 단어를 너에게서 그 겨울 처음 배웠다. 들어는 봤고, 경험은 해봤지만 한 번도 느껴본 적 없는 사랑이라는 단어를 너는 나에게 가르쳐주었다.

내가 좋아하는 사람들은 다 내 끼니를 정성스레 챙겨주었다. 끼니를 잘 챙겨 먹지 않는 나에게 엄마는 늘 전화를 할 때면 "밥 먹었니?"가 인사말이었다. 처음 너를 본 날, 한 끼도 안 먹었다는 나에게 너는 세상이 무너질 것처럼 화들짝 놀라더니 저녁식사를 하러 가자며 나를 재촉했다. 너는 사귀고 나서도 마찬가지였다. 늘 점심시간에 맞춰 전화를 하면서도 바쁘다고 점심 거르지 말고 맛있는 것을 챙겨 먹으라며, 후에 점심메뉴로 무엇을 먹었는지 알려주어서야 늘 마음을 놓았다. 내 입에 들어가는 걸 가장 소중히 여겨주는 너였다. 그래서 너에게 반했다.

연애초반, 길을 걷다가도 갑자기 너는 내 팔뚝을 만지다 이내 안심해했다. 왜냐고 물었을 때 너는 말했다.

"주머니에 돈이 있으면 하루에도 몇 번씩 잘 있나, 확인하고 만져보잖아. 나도 같은 거야. 내게 소중한 네가 잘 있나, 잘 없나, 확인하는 거야."

환하게 웃을 때 가장 예뻤던 너는 우는 모습이 익숙할 만큼 내 앞에서 많이도 울었다. 정도가 잦아지면 아무 것도 아닐 것이다라 여겼다. 그래서 그녀는 그렇게나 울었나보다. 그것도 징하게. 그래도 그런 모습을 나에게 보일 만큼 내가 편하다는 거니까. 내가 너에게 의지할 존재가 된다는 사실이 마냥 기뻤다. 나는 그렇게 여겼다. 개는 울어도 웃어도 멍멍, 고양이는 웃어도 울어도 야옹, 개구리는 웃어도 울어도 개굴개굴, 너는 웃으면 하하, 울면 엉엉 이었는데, 아무도 몰라줬다. 그 마음을 내가 토닥여주고 있었다. 결국은 매일을 지치게 울어도 좋은 사람인 너를 아낌없이 사랑해 주어야겠다는 결론에 도달했다.

한참 가을 길을 걷다 너는 대학시절 한 후배를 만나고 난 후 표정이 좋지 않아 보였다.

"아까 그 애 참 예쁘지? 콜록콜록─."

너는 환절기의 갑자기 추워진 날씨에 적응하지 못하고 감기에 걸려 기침을 하며 아까 길에서 우연히 마주친 사람에 관해 말했다. 그 친구는 이미 업계에서 유망한 신예가 되었다고.

너는 어느새 자라 여기, 그 아인 벌써 자라 저기에 있는 것 같다고 말했다. 나는 헤맸고, 그 아인 해낸 것 같다고도. 집에 돌아와 어느새 어둑해진 하늘을 눈에 가득 담은 채 평상에 누워 너는 말했다.

"저 별 봐봐."

한참을 하늘 높이의 별을 헤다, 너는 그 작은 빛들을 헤아려보려고 했다. 그렇게 너는 좌절감에서 헤어 나오지 못했다.

"저 별들 참 밝아. 나는 저 어두움의 공기 같은 존재고, 내가 별이 되기 전까지 이 무게감은 결코 해소되지 않겠지?"

너는 헤쳐 나아가고 싶어했다. 너를 해치는 이 분위기로부터. 이 밤은 너에게 해롭고 괴롭다고도 말했다. 한참을 침울해 있다 욕조에 물을 가득 받아 놓고 그 안에 들어가 멍하니 있는 너의 모습은 마치 해수면 위로 0g의 물체가 둥둥 떠다니고 있는 것 같이 보였다. 텅 빈 마음을 다 내려놓은 채 너는 어딘가로 떠내려가고 있었다. 그렇게 너는 한참을 욕조에 있다 나와 내 옆에 누워 말했다.

"내일 한 시에 나 행복하게 해주겠다고 약속해."

사람이 사람을 좋아하는 게 이렇게 힘든 거라는 것을 나는 그날 처음으로 느꼈다.

'……힘들다.'

마음 속 말을 들킬세라 너 몰래 입으로 퉤퉤퉤-했다. 나는 사소한 거 하나에도 너에게 언성을 높이지 못했다. 너는 내 모든 말 한 마디 한마디에 마음이 들뜰 것이니까. 그 빈 공기 틈새로 네게 불안이 찾아올 걸 아니까 나는 아무 말 하지 못했다.

언젠가 너는 나에게 이런 말을 한 적이 있다.

"난 세상의 다양성을 위해 희생 당한 것 같아. 내가 못나고 남이 잘하는 것처럼. 잘난 사람들과 나는 그저 각자의 자리에서 자신의 역할을 해내며 살아가고 있는 거야."

다양성이 추구되는 사회에서 너는 못난 역할을 자처하고 있었다. 너에게서 빛나는 줄 알았던 빛이 있었다고 여긴 때가 있었다. 곧 그 빛이 너의 옆에서 나는 빛의 반사였음을 깨닫고 너는 그렇게 마음을 먹었다고 했다. 빛은 때로는 남을 찡그리게 한다. 그들의 빛남이 네겐 그랬다. 너는 그렇게 "나의 자리에서 그런대로 살아가야겠지."라며 인생에 순응하듯 말했다. 너의 말에 나는 또 다시 한 번 연민을 느끼며 너에게 응원의 말을 해주었다. 하물며 1,700원짜리의 과자를 사도 여기 가격 다르고 저기 가격 다른데 너라고 어디서나 같은 취급을 당할까 싶었다. 너는 내게 값어치

66

있는 사람이니까, 다 괜찮을 거라고 여겼다.

＊ ＊ ＊

잠을 청한 너는 또 다시 한 번 소가 될 준비를 한다. 우물우물. 오늘 하루 있었던 말들과 행동 그리고 생각들을 되새김질한다. 그러다 올빼미가 된다. 아침에 눈을 뜬 너는 늘 그렇듯 충혈된 눈으로 나를 본다. 그럼에도 오늘의 너는 어제와는 다른 들뜬 마음을 가지고 해를 가리키며 어디서 들은 노래를 따라 불렀다.

"오늘은 해가 뜬다-."

"'내일은'이야, 에이취-."

결국 너의 감기가 내게 옮겨지고 말았다. 당연했다. 늘 붙어다녔으니. 그래도 한숨 푹 자고 일어난 너의 감기 기운이 조금은 가신 듯해 그나마도 다행이라 생각했다. 나는 그저 네가 남긴 병원에서 타온 감기약을 함께 나눠 먹었을 뿐이었다.

"그거나 그거나, 어쨌든 오늘도 해가 떴잖아! 난 내일에 의존해서 살고 싶지 않아. 오늘을 바라며 살고 싶어. 그런 거 있잖아, '오늘만 같아라.' 하는 삶."

"추석이야?"

장난식으로 나는 너의 말에 답했다. 우리는 이해되지 않는 세상을 살아 내고 있었다. 그럼에도 베란다에서 비치는 해를 등지고 서 환하게 웃으며 말하는 너의 모습은 한없이 밝았다. 너는 다시 어제의 해 아래 새로운 마음가짐으로 살아가려 하고 있었다.

높은 음이 잘도 올라가며 노래를 부르는 너와, 저음을 잘 내는 나는 서로를 이해하지 못했다. 각자가 잘하는 걸 서로 하지 못한다는 사실을 이해하지 못하지만, 그럼에도 우리가 서로 조화하는 것처럼, 각각의 다양한 사람들 속에서 각자의 환경을 인정하려고 노력하며 너와 나는 그런대로 함께 살아가고 있었다.

"근데 내 인생은 언제나 그런 것 같아. 여섯 잎의 클로버를 줍고, 늘 행복을 찾아. 그러다가 두 잎을 모두 떼어내. 이게 내가 할 수 있는 노력이야. 행운도, 내가 만드는 거지."

결국은 희망이었다. 나는 너를 다독여주었다. 자신의 꿈을 먼저 이룬 다른 사람을 보고 상심해 있던 너였지만, 그날 하루도 또 견뎌내겠다 다짐하며 하루를 시작했다.

신나는 모습을 하고 친구를 만나러 간 너는 '잘 가'라는 인사를 주고받을 때의 그 표정과는 사뭇 다르게 나를 반겼다. '어서 와'라는 말을 들은 너의 표정엔 수심이 가득했다. 너는 오늘 만났던 친구와 다툼이 있었던 게 틀림없었다. 나에게 말은 해주지 않았지만, 우연히 본 너의 일기장엔 그날의 감정들이 쓰여 있었다.

내가 언제 같이 울어달라 그랬냐. 그냥 그렇다고 한 거지. 그래, 복잡한 인생을 어떻게 쉽게 풀어 쓰고 쉽게 이해시키겠어. 안 그래도 그간 살아오기 꽤나 어려운 삶이었는데. 아무 말 안 하면 아무 일 없고 아무것도 아니라는 듯이 말하고 어쩌라는 거야. 아니, 그래도 모르는 척 하는 거야, 모르고 싶은 거야, 아니면 정말 모르는 거야. 아무 위로도 못 해줄 거면 차라리 가만히나 있지. 너는 내가 하는 삶의 걱정보다 네가 오늘 저녁에 뭐 먹을지 하는 걱정이 더 크지? 그냥 "이렇게 살아."가 아니라 "그렇게 살아도 괜찮아." 이 말이 듣고 싶었던 것 뿐인데. 그래, 이번 생은 남의 위로 못 받을 거라는 거 단박에 눈치챘어. 그만 기대하자. 내 인생이 꺼져가는 기분이 든다. 불빛도, 온기도 없이. 뼈가 저리다 못해 아린 느낌이 든다.

'왜 너는 행복하지 않을까? 누가 너의 행복을 가져다 쓰는 건 아닌지. 가뜩이나 모자란데 왜 자꾸 너의 것을 가져다 쓰는 걸까. 자기들은 풍족하면서.'

"내가 사랑을 부족하게 줬나."

결국은 자책했다. 하루살이는 하루만 살아도 살고 죽는 고통을 겪는다. 저 작은 아이는 하루살이의 인생을 겪는 것처럼 매일을 아파했다. 내가 더 너를 많이 사랑해주면 괜찮을 거라고 여겼다. 항상 많이 사랑을 준다 생각했지만, 너는 언제나 내게 사랑 하냐고 묻고 또 물었다. 그래서 사랑한다 말했고, 너는 언제나 확신에 찬 대답에 매번 즐거워했다. 사랑받는 그 기분이 좋다며 사랑한다는 말에 사랑한다는 답변을 꼭 듣고 싶어했다. 너는 항상 사랑받고 있음을 확인 받는 그 사실에 기뻐했다.

너의 일기장을 본 후로 나는 생각에 잠겼다. 어쩐지 너는 너의 말에 고개를 끄덕여주는 나를 좋아했다. 여태 말할 수 없었던 게 아니라 말할 사람이 없었다며 자신의 이야기를 들어줄 수 있는 나의 존재에 항상 고마워했다. 또한 자신에게는 다리가 두 개가 아니라 세 개라고 했다. 오른쪽 다리와 왼쪽 다리 그리고 나. 내가 너를 지탱하게 해준다고 말했다. 늘 의심 없는 사랑을 할 수 있게 해주어서, 말이 없어도 표정이 없어도 두렵지 않은 사랑을 하게 해주어서 고맙다고 전했다. 너는 언제나 뜬금없이 너의 방식대로 사랑에 고마워하고 나의 존재에 대해 대단한 사실이라도 발견한 것 마냥 기뻐했다.

문득 내 앞에서 환하게 웃는 너를 보고 계획 있게 주문한 식당의 메뉴보다, 계획없이 막무가내로 주문한 메뉴가 더 맛있었던 어느 날이 떠올랐다. 내 인생의 널 그렇게 정의할 수 있었다. 그런 날 보고 너는 내게 고마움 투성이라고 했다. 그러고 보면 너는 어딜 가든 인사성이 밝았다. 작은 배려에도 너는 큰소리로 고맙다는 인사를 사람들에게 전했다.

다음날 시장에서 장을 보며 인사성이 밝은 너에게 나는 물었다.

"너는 고마운 게 참 많은 것 같아."

"사소한 것에라도 감사하지 않으면 세상을 원망할 것 같잖아. 세상과 원만하게 타협 봐야지. 이렇게 사소한 거에도 고마움을 느끼면 세상도 나 예쁘게 여기고 더 큰 기쁨을 주지 않을까?"

순수한 건지, 해탈을 한 건지 모를 너의 말에 나는 또 한 번 웃었다.

"나는 사소한 감사야, 아니야?"

"넌 나에게 중요한 감사야."

장을 본 짐을 풀고 결국 너는 포기 할 수 없었던 꿈을 붙들고 방문을 닫았다. 시간이 한참이나 지난 후 너는 밝게 웃으며 방문을 나왔다.

"잘 돼 가?"

"응! 술술 잘 풀려."

오랜만에 그분이 오신 건지 예술의 혼이 불타오르는 너의 답변에 나도 덩달아 기분이 좋아져 신나게 저녁 준비를 했다.

저녁상을 다 차리곤, 나는 다시 방으로 들어간 너를 조심스레 부엌으로 불렀고, 우린 안주와 같은 저녁 반찬에 부딪히는 잔의 소리를 내며 대화를 곁들었다. 너는 갑자기 안되겠는지 에곤실레가 수척한 인물을 그리다 아내를 만나 살찐 인물을 그렸던 것처럼, 자신도 나를 만나 5kg가 늘었다 찡찡대고는 음식을 깨작깨작대고 있었다. 나는 그런 네가 귀여워 네가 좋아하는 달걀말이를 너의 밥숟가락에 얹으며 물었다.

"그림, 그리는 거 재밌어?"

"응, 재밌어. 너무 재밌어서 좋아. 좋아하는 일을 하는 게 기뻐. 근데 때로는 무섭기도 해. 이 재밌는 거 정말 잘 할 수 있을까, 그런 마음. 근데 괜찮아. 무서움을 가진 것도 재능을 가진 사람의 배부른 소리야. 아, 나 지금 좀 배불렀다! 히히."

너는 네가 좋아하는 것 앞에서 당당할 수 있을까 하는 마음을 너의 방식대로 귀엽게도 말했다.

"너는 왜 그림을 그리고 싶었어?"

"음, 할머니가 어릴 때부터 그림 그리고 나서 잘 그렸냐고 물어볼 때마다 "아이구 그려, 우리 이쁜이." 그러셔서 그때부터 그림 그리고 싶었어!"

"화가 많아서 화가 되고 싶었던 거 아니었어?"

장난스런 너의 말에 나는 웃으며 맞받아쳤고, 귀엽게 나를 흘기는 너의 눈빛에 깨갱하며 그 말이 사실이냐고 되물었다.

"진담 반, 농담 반. 나 옛날부터 할 줄 알았던 건 그림 그리는 거였고, 유일하게 칭찬받는 시간은 미술 시간이었어. 그리고 칭찬받을 때마다 "그려 이쁜이."해서 할머니 말씀처럼 정말 그림 잘 그리는 이쁜 그림가가 되고 싶었어."

네가 꿈을 꾸게 된 사랑스러운 계기에 나는 방긋 웃으며 너의 꿈을 응원하겠다 했다. 그러곤 너는 우리가 만나기 전 늘 그리던 게 있었는 데 나를 처음 보고서 느꼈다고 말했다.

"알고 보니 그게 꿈에 그리던 너였더라."

나는 그날 한참을 크게 웃고 사랑 가득한 눈으로 너를 뚫어져라 쳐다보았다.

　한가롭게 뒹굴뒹굴 주말을 보내고 있는 너를 뒤로하고 틈틈이 온라인으로 취미 삼아 독일어 공부를 하던 나는 그날도 인터넷강의를 켜 독일어 공부를 하고 있었다. 그런 나에게 너는 독일사람들이 하는 말을 알아들을 수 있냐고 물었다.

　"아니 그 정도는 아니지만, 그래도 인사말은 할 수 있지."

　또 나의 대답에 너는 생각에 잠겼는지 내가 독일어를 잘 못 알아듣는 것처럼 자신을 향해 상처주는 말들은 다 외국어로 들렸으면 좋겠다고 했다.

　"아무리 말해도 상대방이 무슨 말을 하든 이해하지 못했으면 좋겠으니까."

　애써 나는 생각의 늪에서 너를 꺼내오기 위해 "너는 내가 방 청소하라는 말도 외국어로 들리지? 내 말은 듣는 둥 마는 둥 하잖아."라고 장난을 치며 너에게 꾸중했다.

　"흥, 너는 내가 맨날 놀아달라 해도 공부한다고, 일한다고 안 놀아주잖아! 내 말은 귓등으로도 안 듣고."

　"너도 그림 그릴 때 나랑 안 놀아주잖아."

어느새 토라짐의 상대가 나로 바뀌면서 뾰로통한 입가에 그렇지 못한 사랑 가득한 눈웃음을 짓고는 너는 네 방에 들어가 청소기 돌리는 소리를 나에게 냈다.

* * *

좋은 날씨에 연차를 쓰며 너와 그림전시회를 보러 가는 길이었다. 먼발치 길거리 한복판에선 어느 한 연인이 서로 싸우고 있었다.

"저 여자분 많이 운다."

어느새 다툼이 다 끝났는지 몰래 힐끗하던 사람들은 가던 길을 마저 가고 여성분은 말을 다 마쳤는지 이내 계속해서 울고 있었다.

"저 남자분 너무하다. 사람이 우는데 달래주지도 않네."

"헤어진대잖아, 어떻게 달래줘."

"아니 그래도 그렇지⋯."

그렇게 말하곤 눈 앞에서 바로 우는 사람을 다독여주지 않는 처음 본 남자에게 마음 상해하며 너는 여성분의 대변인이라도 되는 마냥 화를 냈다.

"그 여자분에게 눈물이 무기라도 되면 얼마나 좋아. 그 여자분의 눈물이 남자분의 마음에는 차지 않았나 봐."

"그런가보네."

너는 가던 길 내내 그 여자가 안쓰러웠는지 여자분에 대한 심심한 위로를 했다.

"근데 아무리 좋은 남자, 좋은 여자라고 해도 나랑 헤어지면 다 나쁜 사람이 되는 것 같아. 그 나쁜 사람이 또 다른 사람에게 가 좋은 사람이 되는 거고. 그 사람도 이제 또 다른 더 좋은 사람을 만날 수 있겠지. 이별은 더 좋은 사람을 만나기 위한 단계니까."

"그래, 그렇지."

그 여자분에게 좋은 결말로 나름의 끝을 맺어준 너는 전시회에 들어가자마자 물 만난 물고기마냥 너의 구역임을 온몸으로 표시했다.

그림을 보고 문득 모두의 그림에 비슷한 색감의 느낌이 들어 나는 너에게 물었다.

"근데 이 사람의 그림은 다 행복해 보여. 밝은 색을 써서 그런가?"

"밝은 색상의 세상을 만나서겠지. 이 사람에겐 보이는 게 전부 풍경화였으니까."

"너는, 너는 어떤 색의 그림을 그리는 것 같아?"

"나는 무색. 어두운 색이라기엔 너무 억울하고 밝은 색이라기엔 거짓말하는 것 같고. 힘듦은 쉽게 그려낼 수 있는데 행복한 그림엔 언제나 네가 그려져 있어. 그러니까, 아직은 정해지지 않은 색."

"나를 통해 네가 밝은 세상을 봤으면 좋겠어, 이 풍경화처럼."

"예쁜 사람이 예쁜 말 하네."

나의 말에 너는 예쁘게도 답했다.

전시회 관람을 마친 후 아빠와의 선약으로 너는 저녁을 먹으러 갔고 나는 너의 집에서 너를 기다렸다.

나는 네가 예뻐 너를 예쁘게 키워준 너의 부모님이 보고싶었던 적이 있었다. 너는 내게 말했다. 나는 아빠밖에 없다고. 혼자서 너를 키워 내신 너의 아버지는 나를 처음 보자마자 손을 꼭 잡아주시며 옅지만 강한 웃음을 내게 말없이 보이셨다.

"나 왔다."

너는 내가 목이 빠지게 너를 기다릴 줄 알았던 건지 안주 거리
를 들고 집으로 돌아왔다. 오랜만에 만난 아빠와 신나게 놀았다며
맛있는 음식도 먹고 재밌는 저녁을 보냈다고 했다. 내가 없어 심
심하기도 했다는 말과 함께.

"그러게, 같이 가자니까. 집에서 밥 잘 먹었어?"

"응, 아버지랑 오랜만에 만나는 건데, 둘이 오붓한 시간 보내야
지. 나 집에서 혼자 잘 먹었어."

너는 내심 혼자 맛있는 것을 먹으러 간 게 편하지 않았던 건지
짐짓 미안한 표정을 지었다. 나는 괜찮았다며, 네가 사온 안주와
함께 소주를 꺼내었고 우린 식탁에 앉아 이야기를 나누었다.

"너는 아이가 슬픔을 느낄 거라고 생각해?"

금요일 밤, 반달의 빈 공간을 채우듯 우리는 빈 술잔을 채웠다.
그렇게 그날 밤의 색은 유난히도 어두웠고 달은 유달리 밝았다.
그런 밤, 너는 물었다.

"음, 그렇지 않을까? 아이들은 맨날 울잖아. 밥 달라, 오줌 쌌
다, 엄마 보고싶다."

"아니, 그런 거 말고. 진짜로 슬픔을 느낀다는 거."

"글쎄?"

"나 있잖아, 그 어린 유치원생이, 우리 엄마랑 아빠가 따로 살고 그러니까 아빠한테 그랬대."

"뭐라고?"

"절벽에 떨어져서 쓰레기통에 처박힌 기분이라고."

어릴 대로 어린 다섯 살의 너는 자기표현도 서툰 아이였지만 자신이 처한 환경을 그렇게 표현했다.

"그래서 아빠가 죽어도 같이 살기 싫은 사람인데, 나 때문에 빌고 또 빌었대. 같이 살자고. 빌 사람은 아빠가 아니었는데."

너는 아빠의 슬픔에 함께 동참해야 하는 의무가 있었다. 불편한 책임감이었다. 너 혼자서만 행복할 수 없었고, 너 혼자 그의 아픔을 외면할 수 없었다. 슬픔의 책임이 모두 다 너에게 전가된 듯 너는 힘들어했다. 침묵으로 나는 너를 위로하며 다독여주었다. 신생아의 등을 토닥여주면 아이가 소화가 잘 되었다고 트림을 하듯 내가 너의 등을 토닥여줄 때면 너는 좋다는 듯, 울다가도 곧바로 배시시 하고 웃었다. 긴 침묵 사이로 나의 토닥임에 너의 울음소리가 차츰 멎어들 때쯤, 너는 말했다.

"그 말을 들었을 때 그 어렸던 내 감정보다 그 말을 들은 아빠의 감정에 더 몰입이 되더라고. 그 말을 들은 아빠의 심정은 어땠을까, 하고 말이야. 그래서 오늘은 아빠를 더 꼭 안아줬어."

"나는 어렸을 때 그런 말을 한 너의 심정을 위로하고 싶어."

너의 말을 들은 나는 너를 어떻게 위로해야 할지 고민하다 이내 너의 손으로 주먹을 쥐고 말했다.

"힘내."

너는 잔 울음이 아직 다 가시지 않은 채로 이내 놀릴 거리가 생각이 났는 지 옅은 미소를 입가에 묻히곤 바로 맞받아 쳤다.

"가위 바위 보밖에 없는데 어떻게 힘을 내!"

28살 이전의 너는 못 봤지만, 내가 너를 안 28살 이후의 널 내 눈에 꾹꾹 눌러 담아 보듬어 주고 싶었다. 너의 모든 것은 단 한 톨도 남김없이 한 움큼 다 가져가고 싶었다. 네가 내 무릎에 앉았고 나는 그런 너를 안았다. 너의 감정을, 너의 슬픔을 품었다. 내 위로의 몸짓에 너는 또 다시 눈물이 찬 눈을 접으며 나에게 웃으며 말했다.

"위로가 돼. 나도 아빠에게 위로가 되었다면 좋겠어."

* * *

다음날 우린 한가로이 재 상영되는 텔레비전 속 드라마를 보며 하루를 보내고 있었다.

"뭐야, 둘이 벌써 사귀어? 언제 좋아했대. 언제는 치고 박고 싸우더니. 개연성이 없네, 개연성이."

함께 드문드문 즐겨보던 드라마에서는 지지난 주까지만 해도 사이가 좋지 않았던 남자주인공과 여자주인공이 어느새 사랑을 하며 알콩달콩한 모습을 보여주었다.

"사랑에 무슨 개연성이야. 우리는 뭐 만날 때 개연성 있게 좋아했냐."

"암, 그럼, 첫눈에 호감이 생겼지."

지난 첫만남을 회상하니 너의 말도 일리가 있어 수긍을 했다.

"원래 보통 싸우면서 정 붙는 거라잖아. 그리고 보면 갑자기 싫어했던 사람이 좋아지고, 좋아했던 사람이 싫어지고. 사람 마음 참 신기해."

"그래, 그게 다 자기 마음인데, 뭐."

"너는 나 왜 좋아했어?"

"내 마음이다, 왜!"

궁금한 마음으로 물어본 대답에 너는 날 좋아하는 마음은 본인 마음이라고 했다.

"그래, 네 마음대로 해."

나는 장난식으로 화낸 척을 하며 그러라고 했다.

"안 그래도 그러고 있거든요."

어느새 끝난 드라마에 너는 말하며 방바닥에서 올라와 소파 위에 앉은 내 옆으로 다가왔다.

"근데 나 이거 왜 이러는지 알아?"

너는 너의 안쪽 발 날의 위를 가리켜 보이며 물었다.

"여기 왜 이렇게 튀어나왔지? 원래 평평해야 하는 거 아니야?"

"거긴 원래 모든 사람이 조금 튀어나와 있는데? 조금 심하면 무지외반증 때문에 많이 돌출되기도 하고."

나는 나의 발도 너와 같다며 내 발을 보여주었다.

"아, 그렇구나."

"왜? 걱정했어?"

"응, 나만 이상한 건 줄 알고. 근데 보통이라니까 마음이 놓이네."

"너는 보통의 발을 가지고 있어."

평균의 발에 속한다는 나의 말에 너는 안심했다.

"비교는 참 안 좋은 건데, 이럴 땐 도움이 되는 것 같아. 내가 아무 문제 없구나, 아무것도 아닌 거에 걱정하는구나, 하고 한시름 놓게 돼."

이 말을 하곤 나에게 특별한 너는 보통의 두 발로 딛고 일어나 저녁준비를 하러 갔다.

* * *

가을과 겨울을 지난 초봄의 시점이었다. 보통날처럼 저녁을 함께 먹으며 아침을 맞는 일들이 차츰 줄어들었다. 너는 괜찮다 했지만, 나는 매일 야근을 하다 회사 근처 나의 집에서 자는 일들이 잦아졌고, 계속되는 너의 연락을 여러차례 받지 못했다. 그런 나에게 너는 항의하듯 나의 전화를 받지 않았다. 그러기를 몇 주 째, 너는 그날도 야근을 하는 나에게 연락을 했다.

"미안, 지금도 바쁘지?"

"아니야, 내가 몇 번 전화했는데."

"왜 네가 꿈이 없었는지 이제야 알 것 같아."

"그게 갑자기 무슨 말이야."

"너의 평범이 나에게는 꿈이었고, 욕심이었어. 너의 하루하루가 나에게는 치열한 승부 끝에 이루어진 결말이었어. 너는 평탄하게 살아온 만큼, 평탄하게 항상 지금처럼만 사는 게 너의 바람이었잖아."

꿈이 있었던 너와는 다르게 무난하게 하고싶었던 일을 이루며, 평범한 환경 속에서 살아온 나를 너는 내심 동경 같은 것을 했던 것 같다. 숨기고자 했던 너의 마음이 결국 나에게 뜬금없이 터져 나왔다.

"너는 나 없이도 바쁘게 일할 수 있잖아. 평범하게 사는 삶을 바랐던 너에게 난, 장애물인 것 같아."

"네가 있어서 바쁘게 일할 수 있었던 거야."

"나는 너 없이 아무것도 못 해. 나는 혼자 할 수 있는 게 없어. 봐, 나는 지금 너만 기다리잖아. 너는 지금 꿈의 선상에 올라가 있고 너의 평범한 일상에 나는 눈엣가시야…… 나는 너한테 맞지 않는 사람 같아."

"그런 말이 어딨어."

"…… 나, 너 없이도 살아가는 방법을 배우고 싶어."

긴 침묵 속에 너는 말했다.

"여기서 끝내는 게 맞는 것 같아. 너의 해피엔딩을 위해서야, 그리고 나의. 너의 연락을 기다리면서 그런 생각이 들었어. 나 너같이 좋은 사람한테 나쁜 사람으로 남기 싫어. 지금 정리하는 게, 그게 맞는 것 같아. 난 생각 다 정리했어. 그러고 전화하는 거야."

불안정의 상태에 놓인 너는 안정되었다 여기던 나와의 관계에 불안정을 느꼈다. 오직 행복이라 여겼던 나와 너의 삶을 동일시했지만 조금은 틀어진 틈을 타 결국 너는 이별을 고했다.

"나는 여태 내 주변에 아무도 없었어. 그래서 독립적인 사람이라고 생각했어. 근데 네가 옆에 없으니까 알았어. 아니더라고. 나는 의존적인 사람이더라고. 나 네가 너무 좋아서 무서워. 네가 내 삶에 너무 벅찬 존재여서. 너한테 너무 의지해서. 그거 너한테 안 되는 거잖아. 나는 너한테 부족한 존재잖아, 버거운 존재잖아."

너는 끝까지 담담하게 말했다. 텔레비전 속의 우는 사람만 봐도 같이 울던 너는 울지 않으며 말했다. 하고싶은 말들을 침묵으로 대신한 후 끝내 나는 물었다.

"진짜야? 너 지금 괜찮지 않잖아. 우리가 여기서 헤어지는 건 어색해. 우린 사랑하고 있잖아. 지금 헤어지는 건 우리 연애에 맞지 않아. 우리, 조금만 더 생각해보자."

나 없이도 너는 잘 지낼 수 없으니, 나도 너 없는 날들이 이상할 테니 시간을 가져보자는 말이었다.

"미안. 나 너 없이도 괜찮아야만, 그래야만 할 것 같아. 우리한 테는 몰라도 나한테는 이게 맞는 것 같아. 나의 사소한 울음에도 네가 나랑 같이 울어줘서, 그게 너무 고마워서 내 눈물이 너에게 위로 받는 무기라고 여겼던 것 같아. 네가 그럴 때마다 나는 사랑받는 거라고 느꼈어."

"사랑해서 그랬던 거 맞아."

"……미안."

널 붙잡으려 했으나, 완고한 너의 말과 나의 지친 몸과 마음에 이별을 동의했다. 어쩌면 늘 너의 감정을 받아준, 너의 울음을 늘 닦아주던 나에게 한 너의 마지막 배려였을지도 몰랐다. 내가 네 부정적 감정을 다 회수한 채로 살아가기가 벅찼던 걸 헤어지자는 말로 너는 미안함을 대신했던 것 같기도 했다. 나 또한 "그동안의 시간들에 대해 고맙고, 미안하다." 했다. 내가 없어도, 울어도 행복하고 웃어도 행복하라고 말했다. 그리고 세상에 함부로 상처받지 말라고도 했다. 너는 함부로 네 스스로를 대할 만큼 소중하지 않은 사람이 아니니까, 일부러 슬퍼하지도 말고 함부로 슬퍼도 하지 말라고 했다. 짐은 이번 주말 너의 집에 들러 가져가겠다 했다.

"나 너랑 있으면서 나름 행복했어, 꽤나."

그 말을 끝으로 네가 보러 가자 했던 벚꽃은 사무실 창문 너머로 후두둑 떨어지고 있었고, 남은 봄 나는 너에게 남이 되었다. 결국 우리는 우리로 불릴 수 없는 너와 내가 되었다.

* * *

시간이 흘러 청량감에 한 걸음, 산뜻함에 두 걸음, 그렇게 여름 바람에 민들레 홀씨가 흩어졌다. 네가 태어난 여름이 되었다. 우린 사랑을 했다. 그리고 이별도 했다. 사랑을 과거에 두었다. 너를 여전히 현재에 남겨 놓은 채.

매번 업무 회의 시간엔 생각에 몰두해 네 생각을 했다. 너의 이름을 썼다 동그라미를 수십 개 그려 너의 이름을 지워나갔다. 내 원형의 뇌엔 온통 네 이름으로 가득했다.

회사 거래처에서 같잖은 사람을 만났다. 그럴 때면 어김없이 너에게 푸념을 늘어놓는 나였는데, 과거의 너는 내 말에 맞장구 쳐주며 나를 위로해주었는데, 현재 내 앞에 너는 없었다. 너 같지 않은 사람의 형태만 내 머리를 빙빙 맴돌고 있을 뿐이었다.

어디서부터 어떻게 망가졌나 싶게 내 인생은 은근슬쩍 망가져 있었다. 너는 내게 지도가 없이도 갈 수 있는 그런 장소 같았다. 언제든지 어느 곳에 있든지 어질러지고 복잡한 곳에서도 늘 찾을 수 있는 목적지였다. 이젠 어디로 가야 할지 모르겠는 마음이었다.

가끔은 너 때문에 늘 마음을 졸이며 살았었다. 인생을 조립하고 있었다. 지치기도 했다. 네가 언제 슬퍼할까, 언제 아파할까, 이러면 울지 않을까, 저러면 울지 않을까. 한 편으론 어쩌자고 저렇게 힘들어할까, 어쩌자고 저 아이의 인생이 그렇게나 힘들까 했다. 그럼에도 기댈 수 있는 내가 너에게 있어 다행이라 생각한 적이 있었다. 이제는 그러지 못하지만서도.

그럼에도 망각이 있기에 너를 추억할 수 있겠지, 그리고 또 다른 누군가와 사랑을 할 수 있겠지, 했는데 아니었다. 좋아 보이는 상품을 클릭했는데, 알고 보니 전에도 즐겨찾기에 추가했던 상품이라든지, 회사에서 생각 나는 사업 아이템을 언급했는데 알고 보니 전에도 제안했던 거라든지. 난 그때도 널 찾았는데 또 기억하지 못하고 지금도 널 찾고 있었다.

'아, 살 것 같다.'

문득 연애시절에 너를 보고 그런 생각이 든 적이 있었다. 무더운 여름, 산꼭대기에 올라 500ml의 물을 순식간에 들이켜 마신 기분이었다. 지금은, 살고 있는 것 같지 않았다.

네가 보고 싶은 마음이 간절했던 건지 꿈에 네가 나왔다. 내가 보지 못했던 어린 시절의 네가 나왔다. 여름에 태어난 넌 스스로를 여름사람이라 칭했다. 매미의 소리가 들려오는 게 익숙한, 초록이 무성한 녹음이 짙은 풀밭을 거니는 게 익숙한, 여름에 태어난 사람. 여름의 강렬한 햇빛에 익숙했던 탓일까. 너는 언제나 빛을 정면으로 받아냈다. 어디 가서나 당당했고, 언제나 당찼다. 그런 너를 모두가 좋아라 했다. 그 빛에 피곤할 때면 언제든 그늘이 되어주는 친구도 많았다. 그때 까지만 해도 몰랐다. 그 빛에 그을리게 될 줄은. 너는 늘 잘났고, 멋있게 살 줄 알았다. 벼는 익을수록 고개를 숙인다는 말을 몰랐다. 너는 타오르는 강렬한 빛에 당당히 시선을 마주할 수 없었다. 너는 그렇게 고개를 숙였다. 그 빛은 너의 등을 지고 그림자를 만들었다. 너는 그늘진 사람이 되었다. 푸르른 여름이 다가오고, 여름 밤공기의 후덥지근하지만 서늘

한 바람이 스쳐지나갈 무렵 너는 스스로 여름 아스팔트의 아지랑이 마냥 아른거리며 흩어졌다. 그러다 네게 가장 익숙한, 네가 가장 사랑한 여름의 계절을 등지고 너는 내 꿈에서 나부끼는 풀잎에 여유를 가질 줄 모른 채 서 있었다.

존재의 무유

구멍 뚫린 검은 우산 사이로
요란한 거리의 네온사인이 들이닥쳤다.
반짝반짝, 별이 우산 속으로 들어왔다.

#

나는 오늘도 사라졌다. 어떤 땐 새하얀 공간이기도 했다, 또 어
떤 땐 짙은 검은색 동공의 색깔과도 같은 그런 공간에서 하루를
보낸다. 오늘과도 같은 상황이 하루가 될지 이틀이 될지 아무도
알 수 없다.

"껌 보니까 걔 생각난다. 걔 어떻게 지내는지 알아? 잘 지내나?"

"갑자기 누구 이야기하는 거야?"

"그, 걔 있잖아, 성이 두 글자였는데, 선우… 뭐였지? 아, 그 선
우정수. 우리 맨날 정수기라고 놀렸잖아. 맨날 수업시간에 껌 씹
어서 선생님한테 혼도 자주 나고."

"낸들 아냐. 근데 걔 이름 진짜 오랜만이다. 고등학교 졸업하고
좋은 대학 들어가서 동네에 현수막 붙었잖아. 그 뒤론 잘 모르겠
네. 그나저나 이렇게 오랜만에 옛날 애 이름도 꺼내고 하니까 진
짜 동창회 온 기분 제대로다, 얘. 근데 걘 오늘 왜 안 왔나 몰라."

그렇게 난 그 날도 살아났다. 후로 세 달 동안 존재하지 않으리
란 건 상상하지 못했지만, 그래도 전의 최장기록인 여섯 달을 넘

기지 않아 다행이라 생각했다. 그즈음을 존재했던 날보다 존재하지 않은 날들의 횟수가 잦아지는 시기로 기억하기로 했다. 그때는 예순 언저리였다.

165cm의 신장으로 무엇을 제대로 제때 먹은 것도 없지만, 늘어나는 나잇살로 불어난 몸무게는 75kg 정도이다. 이 짧지만 큰 체구를 사람들은 없애기도 하고 살려내기도 한다. 소환 혹은 소멸 정도로 일컬어지는 무언가로 인해 나는 이 세상에 존재의 형태로 남는다.

#

죽은 누군가가 나를 떠올려 내가 생성된다는 것, 그것만큼 가슴 애리는 일은 없다. 나의 형태만은 세상에 온전히 남아 있지만 나를 떠올려준 작고한 누군가의 차가운 온기만을 빌려 남아 있는 느낌이다.

세상에 정체한 채로 한참을 가만히 자고 있을 때였다. 지난 번 맥주 한 캔을 하고 들어간 패스트푸드점에서 조금은 알딸딸한 상태로 계산대에 있는 알바생에게 말했다.

"여기 기본 버거 세트에 음료는 따뜻한 콜라 하나 주세요."

"푸훗—."

그 말이 알바생한테는 뇌리에 박혔나 보다. 오랜만에 만나는 사람과의 대화에 말이 꼬이는 건 어찌 보면 당연한 일이었다. 그 일이 있은 지 3일 후 알바생은 문득 나를 기억해 주었다. 덕분에 내가 존재하게 되었다. 그날의 하루를 정리하고 곤히 잠을 자고 있는 틈을 타 몇십 년 전 겨울에 돌아가신 할머니가 꿈에 나왔다. 연달아 존재가 생겼다는 것에 나름 기쁘기까지 했다. 존재할 기간이 늘어났다는 뜻이 되기도 했으니까. 나를 존재하게 한 할머니는 새하얀 백발의 머리를 하고 살아생전 마지막으로 입었던 희멀건 옷을 입고 내 꿈의 시선에 계셨다. 그녀는 나보다도 작은 키와 몸무게를 가지고 자신보다도 연약해 보이는 짧고 작은 막대기에 기대어 나에게 인사 짓을 했다. 그녀는 천국에서 조차 연신 허리를 제대로 펴지 못하고서 지팡이를 짚고 계셨다. 점차 들었던 손이 왼쪽의 허벅지에 닿자 들릴 듯 말 듯한 목소리로 나에게 말했다.

"네 생각나서 왔다. 이 자식, 저 자식, 저 며느리, 이 며느리, 이 손자, 저 손자 꿈에 다 나타났는데, 이제야 너한테 왔어. 늦어서 미안하다. 잘 지내고 있지? 너는 항상 잘할 거라고 믿는다."

나는 이 세상에 존재하지 않는 사람으로 하여금 또 다시 살 수 있게 되었다. 그날 돌아가신 할머니 덕분에 차갑지만 따뜻한 하루를 보냈다.

내가 존재하는 동안은 남들이 그렇듯 별 일 없는 일상을 보낸다. 내가 무의 공간에 있을 동안의 세계도 별 탈 없이 흘러가는 듯 보였다. 그동안의 여백이 보이지 않을 만큼, 내가 유의 공간에 있을 때와 무의 공간에서의 시간이 이어진 듯 세상은 나를 대했다. 내가 없어도 세상은 잘 돌아갈 거라는 듯이.

\#

그래도 젊었을 때는 사람 사는 공간에만 있었는데, 막상 나이가 들어가니 그러기란 점차 쉬운 일이 아니었다. 이젠 내가 존재하는 날보다, 존재하지 않은 날들이 더 많아지고 있었다. 아무도 날 생각해주지 않는다. 내가 무의 공간으로 들어갈 수 있었던 때가, 내가 무의 존재가 되어 그 공간을 허우적거렸을 때가 언제부터였는지 생각해보기로 했다. 사람들과 어울리지 않게 된 날부터인가? 세상과 멀어져간 때부터인가? 아니면 세상이 나를 떠나버렸을 때인가? 곰곰이 언제부터였는지 생각해보기로 했다. 잘 다니던 회사를 퇴사하고 부모님이 돌아가실 때쯤이었나, 무의 존재가 생성

되기 시작한 것은? 이마저도 생각을 버렸다. 어쨌든 나는 무의 존재가 될 수 있는, 언제든 없어지기도 하는 그런 사람이었다. 그저 오늘 하루 아무나 나를 찾아주기만 하면, 누군가 나를 생각해주기만 하면 되었다. 그러면 난 오늘도 유의 존재가 된다. 존재된 형태의 나의 오늘을 만들어준 그 누군가에게 감사하며 그저 오늘 하루를 성취해내자고 또 한 번 다짐했다.

#

거기엔 아무도 없었다. 나의 간절을 아는 이도, 나를 찾아주는 이도 없었다. 그럼에도 나는 너를 꾹꾹 내 마음 속 깊은 곳에 담으며 생각한다. 내 생각이 너를 떠올리지 않아도 너들은 계속 살아날 걸 알면서도. 오늘도 잠을 자기 전 별로 없는 아는 사람의 얼굴을 하나하나 마음 속에서 건져내어 올린다. 이름 모를 스쳐 지나간 사람들까지도. 혹시라도 모를 나와 같은 누군가를 무에서 유로 끌어내기 위해서.

"김지운, 한세진, 호안진, 석인철, 신아영… 또, 누가 있더라."

가끔 흘러간 인연들의 이름을 붙잡아 간신히 떠올려 이름을 부른다. 너는 나와 같지 말기를, 너는 오늘도 살아나기를.

\#

한 아이가 엉엉 운다. 입시에 실패한 19살의 나는 49살의 나도 그때와 같이 펑펑 쓰라리게 우는 삶을 살게 될 줄 몰랐다. 뭐라도 하고 싶다. 뭐라도 되고 싶다. 아무렇게나 외쳤다. 가만히 집에만 있는 나를 보고 다들 아무 말 없이 마음 속으로 쳐다만 볼 뿐이었다. 내가 다닌 이름 있는 명문대학이, 내가 합격한 이름 있는 대기업이 엄마의 어깨를 조금 올라가게 했다. 마치 언제든 꺼낼 용기가 있는 소중한 것을 품고 다니듯, 엄마는 나를 뿌듯해했다. 엄마는 소위 내가 '잘 나간 인생'을 사는 이후로 밥을 먹지 않았다. 늘 배불러 했다. 그러나 내가 다시 본가에 들어온 이후로 엄마는 늘 곯고 살았다. 난 엄마를 굶기고 있었다. 현재가 못나서 과거의 사람들을 제대로 마음 편히 만나지 못했다. 집 안의 가장 좁은 곳으로 숨어 들었다. 한 곳에 오래 짓눌린 나는 이 사회의 욕창이 된 기분이었다. 썩어 문드러졌다. 두려웠다. 부모님의 집으로 들어오기 전 내 집엔 엄마가 모르는 내 옷과 신발들이 점차 늘어났다. 떨어져 산 지 오래되었다는 증거였다. 그러나 엄마가 모르는 나의 옷가지는 이제 없다. 나의 잠옷엔 엄마와 같은 냄새가 났고, 나의 몸엔 우리집 냄새가 배었다. 나는 다시 부모님의 집으로 돌아왔다. 언제나 나를 기다리고 있었다는 듯, 어린 시절 살던 변함없는 공간에서 19살의 그때와 같이 울었다. 옷이 찢어지면 꿰매어주던 엄마도, 옷에 얼룩이 묻었을 때 정성스레 옷을 빨아주던 엄마도 다시 내 곁에서 엄마 노릇을 하고 있었다.

집으로 돌아와 오랜만에 먹은 엄마 밥이었다. 눈물을 흘리면서도 꾸역꾸역 먹고 또 먹었다. 엄마 밥이 염치없게도 사무치도록 맛있어서, 엄마 밥을 매일같이 먹을 내 자신이 서글퍼서 또 울었다.

22살과 30살쯤의 나를 기특히 여긴 49살의 나의 어머니는 앓아가고 있었다. 내가 나이를 먹을 동안, 어머니는 노화가 된다는 사실을 잊고 있었다.

"벚꽃도 봄에 제때 피는데 내 인생은 제때 안 피네."

"그래도 벚꽃은 한때뿐이야, 곧 지잖니."

"엄마는 내 인생 지지하잖아요."

옆에서 나를 지지해주던 부모님은 6개월의 간격을 두고 죽고 없었다. 엄마 밥을 매일 같이 먹을 서글픈 내 자신도 이제 없었다. 나는 혼자가 되었다. 그렇게 부모님을 잃었다. 언제든 찾을 수 있기라도 한 것처럼.

부모님이 돌아가시고 몇 달 뒤 본 영화는 별 5개짜리 독립영화였다. 그러나 후기의 참여자는 단 한 명뿐이었다. 영화를 본 사람이 없으니 한 사람만 별 5개를 줘도 평균 별 5점의 영화였던 셈이었다. 언제나 내 인생에 별 5점을 주는 부모님이 없어졌다. 그래서 부모님이 돌아가시고 난 날부터 나는 별 5점의 인간이 아니게 되었다.

사실 내 인생에 어머니는 50살에 돌아간 나의 어머니 말고도 꽤 있었다. 실패는 성공의 어머니. 내겐 어머니가 너무 많다 여겼다. 재수를 했고, 취업을 제때 하지 못했고, 남들 다하는 사업에도 실패했다. 결혼도 한 번 실패했다. 그럴 때마다 새로운 어머니는 계속해서 나타났다. 그 어머니들은 성공을 가져다주지는 못했다. 그렇게 나의 진짜 어머니는 돌아가시고 새로운 어머니들만 계속해서 나타날 뿐이었다.

#

'이 세상에 성가신 건, 닭다리의 **뼈**를 발라내는 작업만으로도 충분해.'

업무가 끝난 후 늦게까지 이어지는 치킨집에서의 회식. 앞에 있는 상사의 계속되는 말을 듣는 것조차 귀찮아지기 시작한 때였다. 내 앞에 앉은 인간이 빨리 감기로 말을 했으면 좋겠다는 생각이 들었다. 빨리 할 말을 끝내고 사라졌으면 좋겠다는 생각. 옆에 있는 동료들이 하나둘씩 쓰잘머리 없는 말을 해낸다. 이곳의 모든 인간들은 한 개의 도장밖에 찍히지 않은 커피집 쿠폰과도 같다. 지갑에 수두룩하지만 한 번도 다시 찾아갈 일 없는. 그때 무슨 말을 해도 짜증나는 선임이 내게 말을 걸어왔다.

"*지금 와서야 말하지만, 너 그때 그거 좀 별로더라.*"

학창시절 좋아했던 미진이를 향한 감정을 끌고 와 미워하는 선임에게로 향한다. 닿지 않았던 헛된 감정을 가져온다. 미진이를 좋아했던 1%의 감정만 가져와도 선임을 향한 싫어하는 마음은 희석될 것이다. 나는 너를 좋아한다. 모든 인류애를 끌고 와 너를 사랑한다. 그마저도 성치 못하다. 그를 싫어하는 마음은 계속해서 전이된 듯 퍼져 나아만 갔다.

마음 문 열 곳은 한 곳이면 충분하다. 그래서 좋아하는 사람을 좋아했고, 싫어하는 사람을 싫어했다. 그렇게 나는 그들을 싫어했다. 그 모든 인연들을 소중히 여기지 않은 탓이다. 그래서 나는 오늘도 무의 존재로 들어간다. 존재의 무가 된다. 그렇다고 젊었을 땐 존재시켜 줄 사람들을 억지로 만들고 싶은 마음도 없었다. 나의 소중한 감정을 소중하지 않은 인연에게 쏟아 낼 재간도 없었다. 그렇다고 소중히 여길 관계가 있는 것도 아니었다.

#

다른 사람들의 입에서 내 이름이 나왔다. 옛 직장 동료와 그의 아내였다. 내 동료는 회사생활을 공유하며 아내와의 대화에서 나를 언급했다.

"내 동기가 있는데, 선우정수라고. 성격도 좋고, 잘 맞아. 굳이 싸바싸바해서 위로 올라갈 마음도 없어보여서 더 끌려. 나랑 비슷한 것 같아서. 그 친구랑 점심도 곧잘 같이 먹어. 좋은 동기를 뒀어."

어느 날 문득 그녀는 나를 생각해주었다. 얼굴도 이름도 모르는 그녀가 수십 년이 지나서 나를 생각해주었다.

"그분은 어떻게 지낸대? 그, 전에 당신 다니던 회사에서 당신이 랑 죽이 잘 맞던 동기. 성함이 어떻게 되었더라? 성이 특이했는데. 남궁…? 아님 선우… 였나?" 그녀는 말을 이었다.

"여름은 이래서 아쉬워. 여름이라 여름 가까운 인사도 못하니까. 겨울이면 "추운데 감기 조심하세요." 정도의 인사말로 오랜만에 연락을 해 볼 수 있었을 텐데. 이 계절엔 안부 인사를 남에게 쉽사리 전하기가 어려워. 그분 궁금하네, 여름에 더위는 잘 피하고 계시는지."

약발이 달한 전등이 켜지듯 내가 또 한 번 살아났다. 나는 오늘도 진화한다. 그렇게 생각하기로 마음 먹었다. 모든 삶들이 다 지친다. 그럼에도 불구하고 나는 또 한 번 살아낸다.

정성껏 살자. 나는 오늘도 외쳤다.

나를 생각한 그들에게 그나마의 감사를 느끼며, 오늘도 살아가기로 했다. 십몇 년 전, 퇴사한 회사에서 알음알음이 있던 직장후배의 결혼식에 초대를 받았던 적이 있었다. 나름 스스로에게 뿌듯했던, 대기업 다닌 내 자신이 떠올라 자만감에 취해 있었다. 그럼에도 불구하고 현재의 나는 그저 누군가의 기억에 의해 소환이 되는 사람일 뿐이었다. 과거에 그만 얽혀살자. 그럴 거면 과거에 월세를 내든지. 이미 계약도 끝난 과거에 왜 자꾸 가려 하는지. 그마저도 생각을 멈췄다.

사업을 말아먹고 오랜만에 본 과거의 사람들, 그날은 그간 못 본 사람들을 많이도 만났다. 오랜만에 만난 얼굴들에, 어색한 웃음들. 뭐하냐는 질문에, 어물쩍 지나가려는 나의 태도들. 그럼에도 별 관심 없다는 듯이, '그럼 그렇지.' 하며 지나가는 그들의 은근한 표정. 그렇게 스쳐 지나간 인연들은 우연이라도 마주친 적 없이 내 인생을 떠나갔다.

#

행복한 감정을 느껴본 적도 없는 내가 이 감정에 대해 어색하다는 느낌이 드는 게 맞는 건지 물어볼 사람조차 없었다. 한창 회사를 다닐 무렵이었다. 같은 직장에 다니는 호감이 오고 가는 동기 여자였다. 내 인생에 있어 어색한 감정을 느끼게 해주는 여자였다. 이 감정이 무엇인지 물어볼 틈도 없이 사랑을 했다. 결국 우리는 나이가 찼고 어련히 결혼을 했다. 예상하진 못했지만, 이혼까지 했다. 퇴사하기 1년 반쯤 전이었다. 사람들의 수근거림. 그럴 줄 알았던 것 마냥 그녀는 미리 퇴사를 했다. 나는 그러질 못했다. 돈이 궁했기 때문이었다. 잦아들 줄 알았던 말의 오고 감은 계속해서 환승하듯 이 사람 저 사람 사이에서 지속되었다. 늘 출퇴근 길의 지하철에서 나는 늘 에스컬레이터를 거꾸로 탄 마냥 걷고 있었다. 앞으로 나아가질 못했다. 시간은 앞으로 가는데, 나는 자꾸만 뒤로 갔다. 역행한다. 순 모순이다. 인생이 모순덩어리였다. 지구는 둥그니까 자꾸 걸어 나가야 하는데, 걸어 나가질 못했다. 내 인생이 이렇게 잘 팔릴 수가 없었다, 쪽. 괜찮다, 괜찮다. 스스로를 위로했다. 그럼에도 모든 뒷말들을 견디지 못하고 퇴사했다. 불행의 흔적은 남아도 행복의 흔적은 아무 데도 없었다.

사람이 적은 중소기업은 다를 줄 알았다. 그러나 사람 간의 간격이 좁은 작은 회사에서는 이 말이 저 말이 되고, 저 말이 이 말이 되는 일이 허다했다. 결국 오고 가는 말들의 타액 속에 내 이름이 불릴 때였다. 저 팀장이 이러쿵 저러쿵. 외부로 나온 심장을 직접 어루만지는 것처럼 크고 단단하게, 쿵.쿵.쿵.쿵. 심장에 파동이 일어 내 몸을 흔들었다. 치부를 들킨 느낌이었다. 어떻게 알았던 건지. 아, 결국이었다는 말이 맞았으려나. 사실과 다른 말도 여기저기 오갔다. 돈도 없는데 매번 오해를 샀다. 도마 위에 오른 나는 칼자루를 피해 여기 저기 피할 겨를도 없이 도마 밖으로 튕겨져 나갔다. 나는 또 회사를 나오고야 말았다. 가끔 그 사이로 누군가가 위로했다.

"행복할 날 올 거예요."

사람들의 위로는 늘 미래형이었다. 내 현실을 네가 뭘 알겠냐며, 탁상공론하지 말라고 말해주고 싶었다.

#

나 이외엔 아무도 소음을 만들지 않는 무의 공간에 있었다. 오늘은 전처가 나를 꺼내주었다. 나와 이혼을 한 후 몇 년 뒤 재혼을 한 그녀였다. 울리지 않을 것 같던 전화가 울렸다. 그녀는 그녀의 어머니이자 나의 전 장모가 돌아가셨다는 소식을 전해주었다. 그저 과거의 이혼과 갈등은 별일 아니라는 듯, 지독하게 싸웠는데 세월이 흐르고 나이가 먹어 우리는 편하게 지냈다, 전처럼. 경조사에 참여한다든지, 몇 년에 한 번씩 명절에 안부 전화를 한다든지 등의.

별 든 것 없이 둔탁한 소리를 내는 장롱에서 양복을 하나 꺼내 집 밖으로 나갔다. 은행에 들려 돈을 뽑기 전 현금자동인출기 옆 편의점에서 1,000원짜리 복권을 샀다. 초겨울의 날씨에 어울리지 않는 얇은 소재의 양복 바지 주머니에서 동전을 하나 꺼내 로또를 긁었다. 50,000원에 당첨되었다. 언젠가도 본 적 없는 나름의 환한 웃음을 지었다. 퀴퀴하게 뿜어내는 담배 냄새가 짙게 밴 집 안의 공기와, 기존의 색이 무엇인지도 모를 만큼 변색된 벽지가 원인이었다. 크게 보여지는 누런 치아를 누군가에게 보일 세라 웃음을 지은 입을 앙다물 수 밖에 없었다. 언제부터였는지 멀리서 내쪽으로 걸어오는 행인과 어느새 눈이 마주쳤고, 그는 불쾌한 듯 찡그린 표정을 짓고 있었다. 문득 즐거운 일이 있어도 함께 나눌 사람이 내겐 없다는 것을 깨달았다. 장례식장에 가는 슬픈 일이 찾아와도 말할 사람이 없다는 생각도 함께 찾아왔다. 일상을 나눌 사람이 내게는 없었다. 내 마음에 꽉 차 있어야 할 장기가 없는 듯 텅 빈 채 공허했다.

"찾아와줘서 고마워, 다음에 또 봐."
기약은 없지만서도 하는 약속. '다음에'는 멋진 말이다. 그 다음이 되면 나는 너로 인해 생겨나겠지. 그날 만을 기약하며 나는 나름의 부푼 기대에 육개장 한 그릇을 입으로 퍼붓고는 자리를 떴다. 정처없이 홀로 왔던 길을 돌아갔다. 또 다시 한 번 나는 혼자가 되었다.

#

"우리, 아이 가질까?"

고심 끝에 그녀가 내게 말을 했다. 문득 떠올랐다. 내가 아빠가 될 자격요건, 나의 통장잔고, 우리집 평수, 아이용품 가격들. 이것저것 따졌고 결국은 자신이 없다 말했다. 그럼에도 그녀는 늘 자주 나가는 산책길에서 뛰노는 몇 아이들의 환한 웃음을 보고 곧잘 따라 웃었다. 태어날 때는 울었으니, 살 때는 마냥 웃을 거라는 듯 아무 걱정 없이 환히 웃는 아이들의 모습 속에서 욕심이 났다. 집에 돌아와 텔레비전을 틀며 저녁밥을 먹는 틈을 타 다짐하며 말하려 할 때였다. 텔레비전에선 소녀가장의 다큐멘터리, 13살과 7살 그리고 병든 조모를 남기고 집을 떠난 미혼모 이야기가 방영되었다.

어른은 어른 같고 아이는 아이 같은 세상이 왔으면 좋겠다고 생각했다. 아이한테 좋은 것만 주고 싶은 것이 부모인데, 살다 보니 삶이 좋은 것만은 같지 않았다. 그래서 아이를 낳지 않았다. 아이가 있었더라면, 우리의 관계가 계속해서 지탱이 되었을까, 생각해 보았다. 그 마저도 아니었다. 아이에게 우리의 관계를 기대어서는 안 되었다. 잘 되었다고 생각했다.

#

"과거로 돌아가서 너 어릴 때, 나 젊을 때 그때로 다시 가보고 싶어."

당신의 입술 사이를 떼어내 뱉어냈다. 엄마가 죽기 전 한 마지막 말이었다.

'아, 옛날로 돌아가면 더 잘 키울 자신 있나 보지?' 나는 속으로 생각했다.

웜벳이라는 동물은 네모 똥을 싼다. 장에 딱딱한 부분은 빠르게 움직이고 부드러운 부분은 느리게 움직여서 그렇단다. 나는 네모난 인생을 낳았다. 내 감정의 고통은 빠르게 내 삶을 내보내려 했고, 내 감정의 미세한 기쁨은 내 삶이 느리게 갔으면 좋겠다 했다. 그것이 결국 각진 인생을 만들었다. 지구는 동그랗다는 데, 암만 봐도 네모난 게 분명했다. 둥근 지구에 사는 내가 이렇게나 각진 인생을 살 리가 없었다. 부모님은 뾰족할 대로 뾰족한, 입체적인 8개의 각이진 네모난 인생을 만드는 나를 낳지 않는 게, 기르지 않는 게 차라리 나았다.

#

전처의 장모를 기리는 장례식장에서 돌아와 잠을 청했다. 어두운 빛 속에서 천장을 응시하며 잠에 들기만을 기다리고 있었다. 지금 자면 없어질 내일이지만, 오늘 하루를 살아내면 늘 지친다. 평평한 바닥에 요 하나만을 깔고 자리에 누워 무의 존재가 되기를 기다린다. 그럴 때면 세상이 녹는 것 같다. 그것도 아주 천천히. 누워 있어도 귀찮았다. 모든 행위가 수동태라면 얼마나 좋을까, 생각해졌다. 먹여졌다. 걸어졌다. 누워졌다. 누가 나 대신 해줬으면 좋겠다. 두 발로 엉금엉금, 두 손으로 엉차엉차. 세상 만사가 다 귀찮다. 이럴 때면 '차라리 존재가 사라지는 편이 나을지도 모르겠다.'라는 생각마저 들었다.

나의 우울은 무의 존재로 가기 직전 밤, 문전성시를 이룬다. 치킨집에서 치킨 냄새가 나듯 나의 온몸 곳곳에 우울의 냄새가 난다. 나의 그것은 술집의 오픈시간과도 같았다. 오전에는 아무렇지 않다, 저녁 쯤만 되면 손님들이 몰려들 듯, 딱 그때쯤 우울의 감정이 물밀 듯 들이찼다. 마음이 불안한 듯 요동쳤다. 몸이 덜컹거렸다. 서툰 철도 조종사가 모는 지하철에 탄 것만 같았다. 세상은 분명 가만히 있었다. 나 혼자서 온몸과 마음을 다해 모든 요동으로 유의 존재에서 지진을 만들어낸다. 그러다 잠잠히 나는 다시 존재하지 않는 곳으로 빨려 들어간다. 나를 불러줄 누군가를 기다리며.

#

까똑―

메세지가 온 소리에 나의 하루가 깨어났다. 휴대전화의 충전지수는 고작 34%. 열심히 충전했다 생각했는데 휴대전화의 충전 케이블은 잘못 꽂혀 있었다. 임의로 생일을 저장해 둔 한 동네마트에서의 생일 축하 메시지. 광고로 온 수많은 카톡의 1을 남겨둬 여러 메시지에 빨간색을 띄웠다. 외로움을 씻기 위해 부러 보지 않은 카톡창을 쌓아둔다. 빨간색 안에 들어찬 숫자들이 커질 때마다 괜스레 의미 있는 존재가 된 것만 같아 기쁘다. 나는 너를 찾지 않아도 너는 나를 찾는구나. 자신이 만들어낸 뿌듯함. 결국 외로움만 더 쌓일 뿐이었다.

'아, 이건 외로운 게 아니라 괴로운 거다.'

그렇게 장고 끝에 결론에 다다르게 되었다. 나는 간신히 살아내고 있었다. 바닥에 누워 손의 관절을 폈다, 팔월이 펴졌다. 접었다, 팔월이 튀어나왔다. 아, 팔월이구나, 했다. 쨍한 여름이 다가와도 딱히 하는 일은 없다. 내가 가진 건 다달이 정부에서 노인을 위해 제공하는 식료품들, 그리고 정부보조금이 다다. 이러기를 몇 년 째다. 가끔 허공에 헛웃음을 친다. 이 세상은 나를 망치기 위한 수단 같다. 인간적으로 너무 힘들다. 신적으로는 힘들지 않아 신은 내게 짐을 주셨다. 짐은 짐이고, 밥은 밥이다. 내가 힘들든 힘들지 않든 저녁 때가 찾아온다. 꼬르륵. 꾸역 꾸역 밥을 먹는다. 나는 또 다짐한다.

'내 스스로를 가여이 여기지 말자, 밥을 먹이자.'

갈비뼈가 찢어지도록 먹어재낀다. 유의 공간에 나라는 존재의 양을 늘린다. 존재한 늙은 나는 뭐라도 먹어야 한 걸음이라도 걸을 수 있다. 이제는 무의 공간으로 가는 것마저 힘에 부친다. 다가올 월요일도 모르고 일요일을 즐기듯 내일이 되면 없어질 유의 존재를 잊고는 오늘만을 살아가고 있다.

#

또 다시 무의 존재를 떠돌고 있을 때였다. 무의 몸이 어느 날은 투명해진 채 사라진다. 데메니기스의 몸체와 같이, 나의 몸은 투명해진 상태로 무의 곳을 향해하고 있었다. 포식자로부터 자신을 위장하기 위해 자신의 몸을 투명하게 만드는 심해어처럼 몸에 들어오는 빛을 통과시킨다. 그러다 어둠 속에서 움푹 패인 공간을 만들곤 더 깊숙이 파고 들어 빛이 들어올 틈 없이, 빛을 받아들이는 방법을 모르듯 무로 유영한다. 바깥 사람들이 저 높은 하늘 달에 가 발자국을 찍을 동안 나는 오늘도 심해에 발도장을 찍었다. 아주 깊은 곳에, 꾹. 발자국이 깊이 새겨지도록 밟았으나 너무 깊어 알아채는 이 하나 없었다.

나는 심해로 깊이 빠져 새 언어의 몸짓을 하듯 계속해서 빛을 뿜어내 무어라 말을 한다. 유의 존재일 때 받았던 빛을 모아 저장한다. 카운터 일루미네이션을 사용해 그동안의 빛을 분출한다. 나의 발광기는 눈과 귀에 있다. 다른 누군가에게 말을 하고 싶어라도 하는 양, 그 어느 누군가의 말을 듣기 위해 준비라도 하는 양, 나는 빛을 발산한다. 발광기관을 이용해 먹이가 스스로 찾아오기를 기다리는 심해어처럼 몸에서 나는 불빛을 사방에 비춰가며 누군가가 나를 찾을 때까지 기다린다. 교감을 위해 빛을 내는 심해어와 달리 나는 일방적 몸짓 언어를 세상에 걸 뿐이다. 내 빛은 어느샌가 왜곡되어 어느 누구에게도 비치지 않게 된다. 결국 홀아비 냄새만 강하게 이곳저곳에 폴폴 풍길 뿐이다. 나는 오늘도 무에서 하염없이 둥둥— 떠다닌다.

#

점점 하루가 한 달이, 이틀이 여섯 달이, 삼 일이 일 년이 된다. 오늘도 나는 또 한 번 무의 존재가 되기를 준비하듯 양손을 가지런히 가슴에 모아 잠자리에 눕는다. 검은 동공 속 깊은 곳으로 빨려 들어가 그곳을 가만히 응시하다 이내 초점이 흐려진다. 곧 시야에서 유의 공간이 사라진다. 비로소 무의 존재가 된다. 이곳은 세상의 가장 '검음'을 모조리도 흡수해 내는 '울트라블랙물고기'와 같이 정말이지 완벽한 검정의 테두리와 배경을 칠해 낸다. 온전한

116

검정의 색을 만들기 위해선 세상에서 오는 빛을 모조리 흡수해야 한다. 젊었던 유의 존재일 때 간직한 빛을 모조리 흡수했다. 뒤이어 무의 공간은 온 세상의 검은색을 다 빨아들일 듯 시꺼먼 색을 취하고 나를 가뒀다.

#

삐삐-

나는 오늘도 나를 살려낸다. 꾸역꾸역. 비상상황임을 직감하듯 울리는 알람 소리에 맞춰 나를 일으켜 세운다. 지나가던 동네 강아지가 나를 기억해주었다. 시골 개 마냥 동네 어귀에서 키우던 강아지라 아무거나 잘도 받아먹었다. 그래서 가끔 집에서 나오는 뼈다귀를 주고는 했다.

"너는 좋겠다. 가만히 있어도 사람들이 예뻐도 해주고, 밥도 주고, 쓰다듬어도 주고."

그렇게 예뻐해준 덕이었는지 아니면 전에 먹은 뼈다귀의 여운이 아직도 입에서 가시지 않은 덕이었는지 나를 생각해 주었다. 오랜만에 존재가 된 까닭에 오늘은 이부자리를 개고 개운하게 일어나 가끔 가던 동네 마트에서 소고기를 샀다. 요 근래 나라에서 지원금을 더 받은 까닭이었다. 마블링이 요란한 것으로, 가장 빨간 빛깔이 나는 것으로 신중히 골라 장바구니에 담았다. 늘 내 인생은 가성비 갑이었다. 늘 싸게 먹혔다. 그럼에도 그날은 비싼 걸 사면 미래에 좋은 일이 생길 것 같아 미리 축하한다는 생각으로 좋은 것을 샀다. 그럼에도 축하할 일은 추호도 일어나지 않았다.

마트에서 장을 보고 나와 집으로 가는 길이었다. 누군가와 부딪혔다. 언제나처럼 고개를 숙이고 다녔으므로 앞에 오는 사람을 피하지 못했다. 고개를 더 깊게 숙여 사과의 모습을 보였다. 늘 땅에 보이는 그림자를 보고 행인을 짐작했지만, 그날의 우중충한 하늘에 그러질 못했다. 땅을 보고 걷기를 잠시, 천천히 땅바닥을 적시며 비가 후두둑 떨어져 내렸다. 곧 구름에 남아 있는 물기를 모조리 털어내겠다는 듯 비는 무섭게 쏟아져 내렸다. 접힌 우산을 펴고 장바구니를 소중히 우산 속으로 밀어 비에 젖지 않게 감쌌다. 무거운 우산에 의해 더욱더 떨궈진 고개가 땅바닥으로 향했다. 비를 피하기 위해 줄지어 걸어가고 있는 개미 떼를 발견했다. 나의 어깨가 젖어가는 것도 잊은 채 그것들이 집에 도달하기까지 비가 잘도 오는 날 개미에게 우산을 씌워주었다.

"이 은혜를 잊으면 안 돼, 알았지? 앞만 보고 걷지 말고 위를 봐. 너희에게 우산을 씌워준 이가 누구인지를."

한참동안 빗길을 하염없이 걸었다. 여기저기 찢어진 검은색의 우산만이 나를 비로부터 지켜주고 있었다. 구멍 뚫린 검은 우산 사이로 요란한 거리의 네온사인이 들이닥쳤다. 반짝반짝, 별이 우산 속으로 들어왔다. 빗길을 처벅처벅 걷자 진흙이 덕지덕지 종아리에 잔뜩 묻었다. 그런 줄도 모르고 아무 생각없이 한참을 걸었다. 집에 돌아와 진흙 묻은 바지를 대충 세탁물 위에 포개 올려 놓았다.

\#

존재가 깨어났다. 아홉 시쯤이었다. 현관이라 불리기에도 애매한 그곳에서 삐걱거리며 연 문 뒤로는 여전히도 지난 번 비가 올 때 말리려고 내 둔 우산이 그대로 있었다. 밖은 겨울이었다. 한참을 밖의 추위를 그대로 가져온 현관에 앉아 고독을 오독오독 씹어 먹고 있었다.

초등학교 동창회. 껌을 보자 나를 생각한 진선이 덕분이었다. 학창시절, 나는 오각지대의 인물이었다. 보이는 것도, 안 보이는 것도 아닌 무관심의 구역에 속한 인물. 초등학생 때는 나름 무리에도 속하고 개구쟁이의 천진난만한 어린아이 특유의 것을 지니기도 했었다. 그럼에도 난 말하지 않으면 모르는 무리 속의 외톨이였다. 동네마트 무료배송의 기준을 채우기 위해 필요 충분치 않은 물품을 장바구니에 담아 넣는 소비자의 심리와도 같았다. 그저 나는 남자아이들 사이에서 축구팀을 구성하기 위해 알맞은, 아쉬울 것 하나 없는 존재와 같았다. 그 어릴 때도 난 그런 부류라는 것쯤은 알고 있었다.

지난 번 유의 존재일 때 사두고 남긴 전병을 야금야금 씹어 먹었다. 추억의 과자. 그 과자 앞에는 늘 추억이라는 이름이 붙어 있었다. 현재 먹어도 추억의 과자는 늘 애초에 추억이었다. 옛날에 잘 팔린, 지금도 간간히 팔리지만 여전히도 주류가 아닌 옛 과자. 나의 동창생들은 추억의 나를 기억해주었다. 결코 감사해 마지않았다.

\#

어제의 일을 끝낸 과거의 내가 대단하다. 오늘 할 일을 내일 할 미래의 내가 대단하다. 아무것도 하지 않은 오늘의 내가 대단치 않은 날이었다. 내가 생성된 그날 하루가 이부자리를 펴는 것으로

마무리될 때쯤, 어디에선가 지지직- 비빅- 위위잉- 하는 소리가
났다. 검은색의 물체가 사사삭- 심기를 자극했다. 매미만 한 바퀴
벌레였다. 바퀴벌레가 옅은 불빛에 그림자가 되어 더욱 커져가고
있었다. 나이가 들어도 무서운 게 있다는 것은 나름 재미있기까지
했다. 무서울 것 없는 나이는 없었다. 그 검은 것이, 그 작은 것이,
나보다 훨 높게 나는 그 바퀴벌레가 나를 졸게 했다. 벌레, 어릴
때부터 남의 눈에는 안 보여도 내 눈에는 잘만 보였다. 신경 쓰였
다. 껄끄럽고 더럽고 추악하게 느껴졌다. 늘 그들의 존재가 거슬
렸다. 뭐 눈에는 뭐만 보였다. 나보다 몇십 배나 작은 바퀴벌레 하
나에 유의 존재가 내일까지 이어졌다. 그 바퀴벌레는 자신을 죽이
려는 나를 적으로 '생각'했다. 그것에 마저 감사하기까지 했다.

바퀴벌레 하나 따위가 나를 존재하게 한 하루가 시작되었다. 오
늘은 몇 달 째 버리지 않은 음식물 쓰레기에서 날파리가 생겨났
다. 그 좁은 방에 날파리 6마리가 여기저기를 날아다닌다. 너무
외로워 단칸방의 날아다니는 벌레마저 반가울 지경이 되었다. 어
제의 바퀴벌레와는 달리 나는 날파리를 죽이지 않고 살려 두었다.
날파리가 스스로의 수명에 도달하기까지 나는 그들과 함께 공존
했다.

#

언젠가 한 번 거래처 사람을 만나기 위해 간 63빌딩이었다. 우리나라에서 제일 컸던 빌딩. 그 위압감만으로도 나를 압도하기에는 충분했다. 63빌딩의 승강기와 노후화된 아파트인 우리집 승강기는 참으로 달랐다. 우리집 엘리베이터는 열리는 것도, 닫히는 것도, 올라가는 것도 참으로 더뎠다. 반면 63빌딩의 그것은 참으로 빨랐다. 언제 그렇게 올라가 있었는지 모를 사이 어느덧 맨 꼭대기에 도착했다. 알고 보니 나는 우리집 승강기와 꽤 닮아 있었다.

회사를 나올쯤 동기는 계속해서 승진을 했고 오르고 오르다 임원까지 되었다. 무엇을 밟고 무엇을 디뎠는지 모르겠지만, 위로 계속해서 오르고 또 올랐다. 그러다 마침 나를 입 밖으로 끄집어 내었다.

"등신 같은 놈, 내가 그 새끼 아이디어 뺏어서 윗사람들한테 사랑 좀 받았잖아. 남이 아이디어를 뺏든 말든, 멀뚱멀뚱. 그리고 그 새끼는 윗사람한테 굽신굽신 거리는 법이 없어. 회사생활이 정치질인데, 걘 위로 올라갈 상이 못돼. 그 놈 어디서 잘 먹고 잘 살고 있으려나."

누군가의 뒷담화에 의해 오늘 나는 무에서 벗어나게 되었다. 어쩐지 귀가 간지러웠다. 몸이 조금은 찌뿌둥한 것 같기도 했다. 존재한 동안 만들어 둔 세탁물에선 꿉꿉한 냄새가 진동하듯 사방에 존재를 뿜어냈다. 그의 욕설에 흐물거린 나의 몸과 마음도 세탁기에 돌려 이리 빨고 저리 빨고 싶어졌다. 결국 오랫동안 꺼내지 않아 쉰내가 나는 세탁물 꼴이 될 것임을 알면서도. 이렇게 존재하는 건 바라지 않았지만, 그런대로 괜찮았다. 그저 오늘 냄새 나는 세탁물을 지금이라도 돌릴 수 있다는 것에 여과없이 기뻐하기로 했다. 지난 번 비가 올 때 입은 바지에 여태 진흙이 묻어 메말라 있었다. 이것마저 세탁기가 없애주겠지, 했다.

1시간 35분이 흐르고, 세탁기에선 알림이 울렸다. 때마침 비가 왔다. 역시, 그럼 그렇지. 그럼에도 세탁물을 말릴 수 있는 기회는 오늘뿐이었다. 고개를 숙여 가장 깊숙한 세탁기의 곳까지 손을 닿자 발이 땅에서 떨어졌다. 갈팡질팡, 어디에 디뎌야 할지 모르는 발가락이 정처 없이 허공을 떠돌 때가 되어서야 나는 돌돌 말려진 양말가지 등 자잘한 빨래감을 모조리 다 꺼낼 수 있었다. 꺼내온 갖가지 세탁물을 들고 건조대에 말렸다. 새 하얀색의 옷이 검은 옷의 색을 가져왔다. 그을린 듯 얼룩덜룩, 색이 엉클어져 있었다. 그러려니 했다. 무의미하게도 어느 색의 옷을 입든지, 어느 형태의 옷을 걸치든지 알아차려주는 이는 아무도 없었기 때문이었다. 오히려 잘 된 일이라 여겼다. 무채색의 옷을 걸쳐 입고 책장에 대충 놓인 누리끼리한 책을 펼쳐 들었다. 한때는 베스트셀러였던 책. 이제는 스테디셀러쯤 되었으려나. 베스트셀러라 이름 붙은 건 잘도 팔린다. 펼쳐지기도 전에 이목이 집중된다. 애초에 아무도 날 찾지 않으니 그 누구도 날 찾지 않는다. 아무도 내 인생을 펼쳐 보지 않았던 건 베스트셀러 딱지가 없어서이다. 그랬을 거다. 아마도.

#

몸을 뒤척인다. 이리 잠을 잤다, 저리 잠을 청한다. 오른쪽으로 기대자 퉁퉁, 쿵쿵 소리가 났다. 쓸모도 없이 아무것도 하지 않는 나를 위해 심장은 잘도 뛰고 있었다.

이곳이 깊은 바닷속인지 깊은 땅속인지 알 길이 없다. 그저 어딘가로 깊이 잠식해 있는 느낌이었다. 무섭다. 무섭다. 너무 무섭다. 이 무섭고 두려운 게 언제 끝날지 나는 알 수가 없다. 그래서 더 무섭다. 무서운 것도 그만, 기대도 그만, 다 그만하고 싶었다. 다 그닥인 인생에서.

#

지금은 하얀색의 공간에 존재해 있다. 이 하얀색이 바깥 눈의 색을 빌린 것인 지, 차디찬 빙수의 색을 빌린 것인지, 지금이 겨울인지, 여름인지 나는 알 도리가 없다. 여름이 가을을 따라 겨울이 되는 것도, 겨울이 봄의 힘을 빌려 여름으로 가고 있는 것도 나는 알 길이 없다. 그저 하얀 공간에 정신이 혼미해질 것만 같은 그곳에 머물러 있을 뿐이었다. 그때 익숙한 그곳에서 더 깊숙이 먼 곳으로 한참을 빨려 들어가고 있을 참이었다. 쥐어짜는 듯한 공허함의 통증이 배를 가격했다.

꼬르륵—

어디에선가 요동치는 소리가 들렸다. 장 내가 수군거렸다. 젠장, 거지가 든 배 속 상황이었다.

어라—?

그러나 무언가 이상했다.

무의 존재가 된 나에겐 생리현상이, 인간적 움직임이 생성되면 안 되었다. 나는 세상에 아무것도 아닌, 보이지 않는 존재이기 때문이다. 이게 무엇인지 알아야만 했다. 한참을 이 기이한 현상에 대해 고민하다가—

아, 결국 알아차렸다. 씨름하고 있다, 난. 세상과.

결국 무의 존재의 색과도 같은 하얀색의 백기를 든다. 나는 먼지 낀 책상 위 접착력이 다 떨어진 흰색의 메모지를 가져왔다. 그곳에 천천히 내 마음을 써내려 갔다.

내가 존재할 수 있게 나를 떠올려줘.

무에서 유를, 유에서 무로 순환되고 있는 시점이다.

무의 공간은 결국 외로움이 만들어낸 존재하는 나의 추상이었다. 나는 단칸방 이 좁은 곳에서 또 한 번 신호를 보낸다. 여전히도 심해에 허우적대는 날 건져달라 소리친다. 난 오늘 몇 명의 머릿속에 스쳤을까. 또 한 번 발광시스템이 작동하듯 나는 세상에 말을 건넨다.

"나를 생각해줘."

띠잉띵 엥동—

때마침, 고장 난 초인종 소리가 문 밖에서 세차게 울려댔다. 정부에서 제공해준다는 시니어케어 AI로봇이 배달되었다. 나는 안도감의 한숨을 쉬었다.

'아, 나는 이제 늘 생각되어지겠구나.'

문학적 소양

죽으면 빈손으로 왔다, 빈손으로 간다지만
엄마는 그렇게 큰 병을 지니고 돌아가셨다.

소양이는 늘 궁금해했다.

왜 하늘은 하늘색일까.

왜 땅은 진흙색일까.

엄마와 아빠가 없는 집안의 여백에는 꺼 놓지 않은 라디오 소리로 가득 찼다. 소양이에겐 한 편의 글이 떠올랐다. 줄곧 곤한 생각에 잠기던 소양이었지만, 이번만큼은 그 생각을 떨쳐보려고 했다. 그러나 계속되는 궁금증에 그 생각을 펼쳐볼 수밖에 없었다.

소양이는 본연의 자연이 주는 색깔이 왜 그런지를 늘 궁금해 했다. 그 궁금증을 해소시켜보기로 했다. 라디오의 진행자는 그녀가 소리를 높여 켜자 중요한 사실을 알리듯 목소리를 높였다.

계속되는 장마에 몸도 마음도 찌뿌둥했는데 오늘의 하늘은 맑음이네요. 여러분, 날씨에 따라 기분이 좌지우지되는 것 같지 않나요? 여러분의 오늘 하루 맑음이길 바라며 노래 한 곡 띄워드립니다. 김광석의 <바람이 불어오는 곳>.

라디오에서 나오는 음악을 배경삼아 글을 써보기로 마음먹었다. 왜 하늘은 하늘색일까. 하늘의 하늘색은 정말 마음을 대변해주는 걸까. 마당 너머의 하늘에서 불어오는 바람에 한가득 산들한 계절의 공기가 집 안으로 불어온다. 그 바람 속에 소양이의 궁금

증으로 뒤덮인 한숨 또한 날아가 버린다. 지금 날씨라면 소양이의
기분은 맑음이어야 했다. 청량한 하늘에 걸맞지 않은 처량한 소양
이의 마음상태였다.

하늘은 내 기분을 왔다 갔다 시킨다.
하늘은 내 감정을 엎치락뒤치락한다.

어제의 하늘은 회색이었다.
심란한 내 마음은
하늘에서 내린 비로 답했다.
웃었다가 울었다가
혼란했던 내 마음을 무지개로 띄워 보냈다.

엊그제의 하늘은 주황색이었다.
어둑해지려는 하늘은
꺼져가는 불빛의 쉼으로
맹렬하게 타오르다 가라앉는 노을로
한숨을 깊게 쉬는 나의 마음을 나타냈다.

오늘의 하늘은 하늘색이다.

파아랗고, 푸르르다.

한 겹의 가벼운 바람도 불어온다.

왜 하늘은 회색이 아닐까.

왜 하늘은 주황색이 아닐까.

왜 하늘은 검은색이 아닐까.

왜 하늘은 하늘색일까

그건 우리의 감정을 맑음으로

정형화시키고픈 파란 하늘의 마음인 것 같다.

밝지만 어딘가 서글픈 라디오 속 노래가 끝이 나자 소양이의 엄마 아빠가 도착한 소리가 났다. 장을 막 마치고 돌아온 아빠는 엄마를 꼭 잡은 손을 풀고 한 손에 들린 간식거리와 저녁 찬거리를 식탁에 내려놓았다.

오늘의 저녁은 오징어삼겹살볶음이었다. 소양이는 글을 쓰던 연필을 내려놓고, 저녁 준비를 하는 아빠를 돕기로 했다.

"장 봐오는 길 놀이터에 애들이 정말 많더라, 어제 온 비 때문이 었는지 다 젖은 모래판에서 진흙을 만들어 동상을 만든답시고 얼마나 요란이던지."

그 말을 끝으로 소양이와 아빠는 사이좋게 늘 그랬던 것처럼 자신의 할 일을 마땅히 찾아 해나가며 저녁 만들기에 한창이었다. 두 부녀가 함께 밥상을 다 차린 후, 식탁을 사이에 두고 세 가족은 밥을 맛있게도 먹었다.

"벌써 봄이야."

소양이는 마루 너머 바깥을 보며 말했다.

"아직도 봄이네. 비가 요란히도 오더니 봄비였나 보다. 벌써부터 덥던데. 다가올 여름에 겁이 난다, 야."

"봄 지나기도 전에, 여름이 걱정돼?"

"요즘은 봄, 가을이 없잖니. 지구온난화니, 뭐니… 미리부터 걱정해야지. 언제 올 여름인 줄 알고."

"때 되면 오겠지."

아빠의 섣부른 걱정과 엄마의 콜록대는 기침소리와 함께 식탁 위 대화는 반찬 사이사이, 공깃밥의 사이사이로 흘러들었다. 어느새 가족들이 분주하게 집어 드는 젓가락의 움직임과, 숟가락의 소리들이 침묵을 대신했다.

소양이는 식사 후 과일을 깎으며 저녁 8시뉴스를 틀었다. 아나운서의 말이 이어지고, 기자는 이번 여름은 역대급으로 더울 것이라 예고했다. 그 말에 어느새 소양이 곁에 엄마와 함께 와 앉은 아빠는 단단히 긴장을 한 건지, 5년 전 중고로 산 에어컨을 바꾸자고 성화였다. 소양이는 뭔 걱정이냐며 잘만 돌아가는 에어컨을 조금 더 쓰고 버리자고 했다. 작동도 잘 안되는 에어컨에 지난 여름 곤혹을 치르긴 했으나, 그 탓에 수리비가 들어간 걸 생각하면 그래도 수리 값은 하고 바꿔야 하지 않겠느냐는 거였다. 아빠는 딸의 말에 수긍을 했는지 올해는 5년 된 에어컨과 창고에 먼지 가득한 2대의 선풍기로 역대급 폭염에 맞서야겠다고 말했다. 8시뉴스가 끝나자 소양이는 세 가족의 저녁식사 뒷정리를 하고 방으로 들어가 연필을 마저 들어 아까 못다 쓴 글을 이어 쓰기로 했다.

사람은 죽으면 흙이 된다.
알록달록한 색깔을 합치면
구정물의 정체 모를 색깔로 변한다.

그래서 땅은 진흙색이었다.

사람들의 곱고 화려한

인생이 모이고 모여

진흙색이 되었다.

사람과 사람이 모여

진흙색이 되었다.

진흙색이 된 땅을 사람들은 걷는다.

그들의 과거를 딛고 사람들은 움직인다.

두 가지의 질문은 두 가지의 시가 되어 소양이의 하루가 마무리되었다. 끄적거리던 연필을 내려놓으며 칫솔을 들고 화장실로 향했다.

엄마가 먼저 목욕을 한 게 틀림없었다. 김이 서려 있는 거울은 뿌옇게 소양이를 비추었다. 어쩌면 '마중했다'는 표현이 더 적합했다. 달갑지 않은 김 서린 거울은 소양이의 시꺼먼 속을 감추기에 충분했다. 여기저기 늘어놓은 샴푸와 린스들, 뒷정리 안 된 화장

138

실의 온기에 약간의 화가 들이쳤다. 소양이는 혼잣말을 하면서도 짜증난 기분은 삭히기로 했다.

"엄마는, 맨날. 목욕하고 창문이라도 좀 열어놓지…."

화장실에서 이를 다 닦고 나오자 엄마가 남겨놓은 잔해인 양 목욕 후 떨어진 마루 위의 물기들 위로 아빠가 문 앞에 서 있었다.

"네 엄마 목욕하고 정리하려고 했는데 비누가 떨어졌길래 채우려고 나왔다가. 에구, 내가 늦었네."

소양이는 괜찮다는 미소를 띄우며 내가 정리를 했다 말하고 자기 방으로 들어갔다.

* * *

다음날 아침, 질질 끌리는 겨울코트를 입고 있는 엄마가 곤히 잠을 자고 있는 소양이를 강하게 흔들어 깨웠다.

"저기요!!!"

"왜? 무슨 일 있어?"

"빨리 일어나 봐요."

아침부터 소란한 엄마때문에 잠에서 깬 소양이였다. 발발 거리는 엄마의 뒤를 쫓아 거실로 나가자마자 감출 수 없는 허탈감에 한숨이 절로 나왔다. 집안이 여기저기 난장판이었다. 저번 주말, 계절이 바뀌어 오랜만에 정리하고 치운 서랍들과 소파 덮개, 그리고 부엌의 냉장고 안까지 다 엄마의 손길로 재탄생 되어 있었다. 아침부터 어질러진 집안 정리를 할 생각에 벌써부터 몸이 고단해진 소양이가 허리춤에 손을 올리고 적잖은 화를 삼키고 있었다.

"휴대전화 좀 찾아주세요. 아까부터 계속 찾았는데, 없어. 오빠한테 전화해야 하는데."

엄마에게 눈길을 돌리자 엄마는 불안한 표정과 함께 발을 동동거리고 있었다. 이른 아침, 소양이를 깨우면서까지 찾던 그 휴대전화는 바로 엄마의 철없는 겨울코트 위 볼록 튀어나온 주머니 속에 있었다.

"여기 있잖아, 엄마. 엄마 주머니 속에."

"이게 왜 여기 있어요? 하하하."

멋쩍은 듯 웃는 엄마의 환한 웃음에는 소양이보다 더 앳되어 보이는 순수함이 남아 있었다. 그 미소에 그녀는 기분이 조금 풀린 듯했다. 엄마의 올라간 입꼬리에 과거 엄마의 미소가 떠올랐다.

지난 어느 날, 엄마는 글을 쓰는 소양이를 보며 방긋 웃으며 말했다.

"그런데, 늘 마지막 글에 온점이 아닌 쉼표를 쓰는 거야?"

"마침표를 쓰면 정말로 끝인 것 같아서. 쉼표로 잇고 싶었어. 이야기든, 내 글이든, 그게 뭐든."

"우와, 정말 깊은 뜻이 있네, 우리 딸 너무 멋있다!"

늘 외면당하던 소양이의 작품을 엄마는 늘 칭찬하며 웃는 얼굴로 독후감을 대신했다.

예술은 대중성이 없다고 했다. 문학은 대중성이 없다고 했다. 그래서 인기가 없던 소양이가 문학에 끌렸는지도 모른다. 대중성 없는 문학에 시시한 소양이의 마음을 담기에는 더없이 충분했다.

인기 없는 소양이에겐 소양이의 글마저도 사람들에게 인기가 없기는 마찬가지였다. 그런 글에 엄마는 늘 칭찬해 마지않았다. 소양이가 글을 포기할 수 없었던 것도 다 그 덕이었다.

한바탕 일이 벌어지고 소양이가 뒷정리를 다할 때쯤, 엄마는 못다 한 아침잠을 몰아 자듯 깊은 잠에 빠졌다. 아빠에게 전화를 한다고 그렇게나 찾던 휴대전화를 손에 꼭 쥐고 엄마는 아이마냥 잠에 들었다.

소양이의 엄마는 가만히 누워 있을 때가 제일 예뻤다. 엄마는 늘 아무 때곤 떼를 쓰느라 가족들을 힘들게 했다. 특히나 그녀의 아빠를 몹시도 힘들게 했다. 젊은 시절 엄마를 힘들게 한 아빠에게 맛 좀 보라는 듯이 아빠를 못살게 굴었다. 기억력이 없어져서 생긴 병이라던데, 아빠에게 받은 아픔과 상처 따위는 잊지 않은 것처럼 행동했다.

어느 순간 우울해 했고, 어느 순간 화만 냈다. 아이의 똥 기저귀가 어른용 기저귀로 바뀌고, 유모차가 휠체어로 바뀌며 엄마는 어른의 모습 속에 갇힌 아이가 되어가고 있었다. 그런 엄마에게 누군가의 도움은 절대적으로 필요했다. 소양이의 가족은 그 누군가가 되기로 했다. 요양시설에 보내기도 했지만 그러기를 몇 년째, 소양이의 가족들은 −가족들이래 봤자 소양이와 그녀의 아버지 단 둘뿐이었다− 엄마의 병과 동화하며 살기로 했다. 아빠가 그렇게 마음을 먹었던 건, 의사 선생님께서 어머님의 증상이 훨씬 더 악화된 것 같다고 말한 이후였다.

푹 자고 일어난 엄마에게 늦은 점심밥을 차려줄 무렵, 밖에서

엄마가 오빠라 부르던 아빠가 돌아온 소리가 났다. 아빠의 손엔 엄마가 좋아하는 소라과자가 들려 있었다. 과자 하나에 엄마는 몹시도 밝게 웃었다. 그런 엄마에게 불필요한 힘듦이 찾아오지 않았으면 좋겠다고 소양이는 속으로 몰래 빌었다.

* * *

화내고, 웃고, 떼쓰고, 우는 엄마의 모습과 함께 긴팔에서 반팔로, 긴바지에서 반바지로 갈아입는 게 익숙해진 때였다.

이렇게나 화창할 수 있을까 하는 그 여름의 뜨거운 햇살아래 엄마는 나에게 또 한번의 엄마가 되어주었다. 엄마 같은 환자가 늘 하루하루를 새것처럼 받아들이듯이, 오랜만에, 건강했던 과거의 엄마처럼 '그날'의 어제엔 엄마가 나의 이름을 불러주었다. 엄마의 뇌가 고장 났어도, 엄마의 마음은 고장 나지 않은 것 같았다.

엄마는 자기 전 나를 부르며 말했다.

"소양아, 엄마가 많이 사랑해. 아빠보다 더 너를 사랑해." 치매에 걸린 엄마는 한 번 더 말했다.

"엄마가 많이 사랑해."

144

엄마는 알았나 보다. 그래서 내가 보고 싶던 엄마의 모습으로 나에게 마지막을 보이셨나 보다. 죽으면 빈손으로 왔다, 빈손으로 간다지만 엄마는 그렇게 큰 병을 지니고 돌아가셨다.

나는 엄마의 흔적을 무거운 흙으로 덮고, 엄마가 좋아했던 소나무와 함께 그녀를 내가 사는 이 땅에 고이 모셨다.

엄마가 가고 거진 두 달만이다. 의자에 걸쳐 놓은 가디건이 계절의 그라데이션을 보여주었다. 마루 뒤로 비치는 배경엔 여름의 온기가 사그라져 여름의 흔적만을 남기고, 초록의 빛깔을 미세하게 띠고 있었다. 계절이 흐르고 옷을 정리하듯 엄마의 흔적을 정리하기로 했다.

지나간 여름엔 뉴스의 말과는 달리 여름이 없는 것 같았다. 마찬가지로 곧 다가올, 가을 너머의 겨울엔 겨울이 없을 것이다. 여름 같지 않은 여름, 겨울 같지 않은 겨울. 시간이 흐르면서 있어야 할 것이 없다. 지구온난화 때문에.

어른인 나에겐 젊은 엄마가 없다. 어른인 나에겐 늙을 엄마가 없다. 나에겐 나를 사랑해주는, 살아 있는 엄마가 없다. 행복한 나와 함께 웃어줄, 뿌듯할 나를 기특해 해줄, 우는 나를 안아줄, 힘든 나를 위로해줄, 덤벙거리는 나에게 잔소리 해줄 엄마가 이제는 없다. 죽음 때문에.

병든다는 건 슬픈 일이다. 아프다는 건 슬픈 일이다. 엄마가 있을 때만 해도 딱 알맞게 영글었던 마당의 블루베리 나무 열매는 다 시들고 말았다. 다 글렀다. 엄마가 가고 나서 제대로 된 것이 하나도 없다.

엄마가 있는 동안 이 세상에 제대로 되지 않은 건 엄마밖에 없는 줄 알았다. 엄마가 간 후 제대로인 건 소나무와 함께 있는 엄마 외에 아무것도 없었다. 엄마 곁에서 자는 게 익숙했던, 편히 주무시질 못하는 아빠와, 늘 멍하니 마루만을 쳐다보는 나뿐이었다.

늘 나와 나이 차이 많이 나는 부모님 때문에 늘 걱정을 했다. 내 나이는 조급하지 않아도 되지만, 우리 부모님은 아니었으니까. 부모님의 나이가 나를 재촉하게 한다. 나를 성급하게 한다. 그래서 더 열심히 하려고 했다. 그래도 어린 나이였지만, 부모님이 하루라도 더 젊을 때, 하루 빨리 더 좋은 모습을 보여주고 싶었다. 부모님께 자랑스러운 딸이 되고 싶었다. 그러나 이제는 그 자랑스러운 모습을 봐줄 엄마가 없다.

엄마가 아프고 난 후부터 우리집엔 엄마다운 엄마가 없었다. 아내다운 아내가 없었다. 그저 나를 지극정성으로 키워주고, 열심히 가정을 꾸려 나간 후 어린이가 되어버린 엄마밖에는 없었다. 나의 꿈을 응원해주던 엄마, 나의 재능을 가장 크게 칭찬해준 엄마, 그런 엄마가 내 곁에 이제 다신 없었다. 나는 가을빛이 들어오는 마루에 앉아 공책을 펼쳤다. 오늘따라 유독 보고싶은 엄마를 향한 감정을 꾹꾹 눌러 담아 글을 써 내려갔다.

시들은 나의 시들은,
읽어줄 사람이 아무도 없었다.

시끄러운 나의 마음을,
알아줄 사람이 아무도 없었다.
변덕스러운 나의 감정을
보듬어줄 사람이 아무도 없었다.

배고픈 나의 식욕을
채워줄 사람이 아무도 없었다.

힘든 나의 몸을

지탱해줄 사람이 아무도 없었다.

시들은 나를 사랑해줄 엄마가 아무리 찾아도 없다.

  그 사이 나의 글쓰기를 멈추게 해버리는 방해꾼이 나타났다. 내 옆으로 다가온 마루의 터줏대감, 마루였다. 감정 없는 나의 표정을 위로하듯 힘이 없는 몸짓을 하며 털을 나에게로 포개었다. 마루가 사랑 가득한 눈을 내게 보이며 후헤헤- 하고 웃었다. 나는 마음이 조금 진정된 듯 마루를 어루만졌다. 무거운 마루를 포옹하듯 안으며 두 번째 글을 늘 그렇듯 연필을 내려놓는 것으로 마무리했다.

당신은 나보다 일찍 태어났듯이

당신은 나보다 일찍 떠나는군요

나는 당신보다 늦게 태어났듯이

나는 당신보다 늦게 떠나는군요

같은 시간 같은 공간

찰나의 순간은 긴 여운이 남았습니다

스쳐 지나가는 시간 속에

우리가 함께여서 감사했습니다

지나가는 시간 안에

우리의 추억이 흩뿌려져 있어 행복했습니다

당신은 나 없이

나는 당신 없이

우리 이제 서로를 마음에 새기며

잘 살아봐요

내가 밟는 이 땅에서

내내 밝은 저 하늘에서,

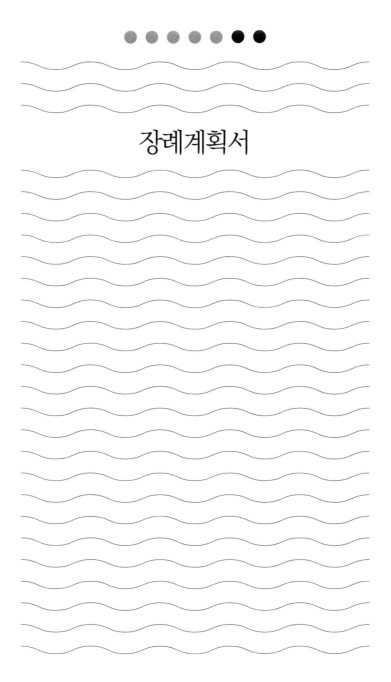

장례계획서

그때 알아차렸다. 내가 조금씩 늙어가고 있다는 것을.
젊음이 구겨져 주름이 졌다.

죽고 싶어졌다. 문득 그런 생각이 들었다. 힘들게 학교를 졸업하고 직장을 다녔다. 결혼을 하고 아이도 가졌다. 번듯한 삶인 줄 알았건만 돌아온 건 퇴직 후 남겨진 쓸쓸함 뿐이었다. 심심하고 따분하다. 별거 없는 '태어나고 살아내고 죽었다'를 길게 늘려 꾸역꾸역 살아가는 것 같았다. 의욕을 잃었다. 텔레비전에 나오는 무엇을 봐도 즐겁지가 않았다. 요즘 사람들은 뭘 그리 재미없는 것만 만드나, 했더니 내 인생이 지루해진 거였다. 온 세상이 따분하다. 세상은 컬러티브이인데 여전히도 나만 흑백티브이인 것 같은 기분이 든다. 난 왜 죽지 못해 살고 있을까 했다.

밖에서는 밑에서 치고 올라오고 은근슬쩍 무시당하고, 그러고 돌아온 집에서는 현관문 입구에 발이 닿기도 전에 쏟아지는 아내의 잔소리. 대학을 갓 졸업한 아들과 집에서 매일 부딪히며 사소하게 오고 가는 언쟁을 하는 시점에 나는 그런 생각을 시작했는지도 모른다. 이 나이 처 먹도록 모아둔 돈 하나 없는 내 자신이 한심했다. 이 세상에 내 흔적이라곤, 뱀의 허물마냥 늘어놓은 옷자락밖에 없다. 쓸모없다. 이제 저 옷가지마저 아내가 발견하기 전에 치워야 한다. 이 세상에 나의 흔적은 없다. 아무것도 아닌 지금의 난 가장으로서 본분을 잃은 느낌이다. 내 할 일은 이 세상에서 끝이 났다.

언제부터인가 늙어 있었다. 젊은 청년은 사라지고 말았다. 군인 아저씨가 내가 되고, 아들처럼 보이기 시작하고 대통령 할아버지를 그냥 대통령이라 부르고, 어느샌가 저놈이라 부르는 시점부터였던 것 같다. 그때 알아차렸다. 내가 조금씩 늙어가고 있다는 것을. 젊음이 구겨져 주름이 졌다. 집 앞 강가에 가 얼굴을 비춰본 일이 있었다. 내 삶을 가득 담은 나의 얼굴은 일그러져 있었다. 물길에 주름이 접히며 흘러갔다. 그 강은 일렁거렸고 일그러진 내 삶을 투영했다. 나를 그냥 내버려 뒀더니 갈변했다. 보송보송했던 피부는 까끌거리고, 자글자글한 깊은 주름 곳곳 사이사이로 뽀얗던 피부는 상해 있었다. 그저 열심히 산 것밖에는 없는데 가까운 글씨는 안 보이고, 소화는 안되고, 머리는 빠지고, 이 병원 저 병원을 들락날락하는 나이가 되었다. 나이 먹은 거, 늙은 거, 아픈 거, 그냥 다 억울했다. 나이 먹은 것도 서러운데, 내쳐진 것도 서러웠다. 나름 열심히 살았는데, 나이 들면 여유로워지고 괜찮아질 줄 알았는데, 그건 또 아니었다.

한창 회사를 다닐 땐, 젊은 친구들에게 멋져 보이는 윗사람이 되고도 싶었다. 그래서 나름 자기관리도 열심히 했다. 멀끔하게

154

살려고 노력했다. 늘 내 나이 또래의 애들이 말하는 "젊게 살려고 노력하고 있어."라는 말이 나는 당최 이해가 되지 않았다. 뭘 굳이 젊게 살려고 노력하나 싶었다. 멋지게 늙고 싶었다. 어차피 늙으면 젊은이들의 눈에는 60이나 70이나 똑같으니까. 그래서 내 동년배들을 보면 억울하지 않아서 좋았다. 나만 나이 든 게 아니라서, 나만 늙지 않아서. 그것들이 다 좋았다. 젊은이들을 내 눈 앞에서 보기 전까지는. 10년 차이를 뭉뚱그려 '늙은이'라 표현하는 젊은이들을 보면 한없이 부러워졌다. 저 나이대 아이들은 무엇을 해도 예뻤다. 나는 이제 죽어도 젊지도 않으니 그들이 죽으면 일컫는 '청년 고독사'도 되지 못한다. 호사인가. '노인 고독사'. 내 죽음은 그렇게 정의될 것이다.

어느 주말엔가 세계 장례문화에 대한 다큐멘터리를 본 적이 있다. 그때 나는 생각했다. 남들 다 오는 허례허식의 장례식장은 싫다고. 나의 죽음을, 나의 슬픔을 같이 공감해주고 함께 울어줄 딱 몇 사람만 내 장례식장에 왔으면 좋겠다고 생각했다. 많이도 아니고 소수의 사람이 사후의 길에 함께 울어주고 나의 지나간 세월을 위로해준다면 나 참 그래도 잘 살았구나, 하고 마음 편히 죽을 것 같아서였다.

몇몇이 떠올랐다. 나의 장례식장에 울어줄 몇 사람들은 과연 누굴까. 홀로 남으신 나의 어머니가 먼저 스쳤다. 살면서 제대로 된 효도 한 번 못해봤는데 기어코 어머니를 남겨두고 떠나는 불효를 저지른다 생각하니 내가 먼저 눈물이 나올 것 같았다. 자식없이 살아갈 엄마지만, 그래도 우리 어머니는 날 이해해주겠지. 내 엄마니까. 그렇게 생각하기로 하자 마음이 어느 정도 괜찮아졌다.

두 번째는 나의 아내. 내 젊은 시절의 아름다움을 가장 잘 아는 나의 가족. 대학 동기로 만나 내 사랑하는 마음을 오롯이 다 겪은 유일한 사람이었다.

"나랑 사귀자."

"싫어."

"왜?"

"너 호박같이 생겨서 싫어."

내가 못생겨 그녀는 나의 고백을 거절했다. 그래도 끈질기게 쫓아다녔다. 결국 내 진심이 통했고, 그녀는 나의 마음을 받아주었다. 그리고 언젠가 그녀에게 어떻게 나의 고백을 받아주게 되었냐고 물었다.

"날 계속 쫓아다녔잖아. '쫓'이란 단어가 내겐 愛(사랑 애) 한자

같이 보였어. 내가 그렇게도 좋을까 싶었어."

아내는 별 볼 것 없는 나와 별 볼 일 없는 날에 결혼해, 잘나지도 그렇다고 그렇게 모나지도 않은 세월을 함께했다. 그런 시절을 함께 겪어온 그녀의 세상에 내가 없다면 어떤 반응을 보일까. 그래도 아내가 잔소리를 많이 안 하는 날, 그날 떠나야지. 그래야 그녀가 조금은 덜 후회하고 덜 미안해 할 테니까. 조금만 안쓰러이 여기고 아무일 없었다는 듯 잘 살고, 내 기일에나 기억하며 추억해주었으면 좋겠다, 생각했다. 나 편하자고 하는 죽음이 가족에게 짐이 될 수는 없으니까.

내 아들. 내 유일한 자식. 처음으로 누군가에게 존경받는 사람이 되고 싶다고 느끼게 해준 아이. 그 작던 아이가 내 큰 세상의 전부였는데, 나는 사회에 지쳐 아이에게 그늘 하나 제대로 못되어준 것만 같은 기분이 든다. 좋은 아빠는 되지 못했어도 나쁜 아빠는 되지 말았어야 했는데. 세상을 잘 가르쳐주고 싶던 마음이 꾸중이 되고 화가 되어 서로의 관계를 망친 건 아닌가 싶다. 내가 죽는다면 아들은 아빠 없이 살아가야 한다. 살다 보면 모두가 고아가 되는 때를 겪는다지만, 우리 아들에게 조금 일찍 그 과정을 주는 건 아닌가 싶다. 그래도 아들 옆엔 엄마가 그리고 미래의 아내와 아이가 있게 될 테니까, 괜찮을 거라 여겼다. 내 아들의 또다른 성장을 다 못 보고 죽는 건 아쉽지만 나는 살아서 그 아이 옆을 지켜줄 자신이 없다. 멀리서 가장 잘 보이는 곳에서 내 자식을 응원하며 사랑해주기로 했다.

마지막으로 나의 유일한 친구 놈들. 영덕이, 준호 그리고 성한이. 왜 이렇게 일찍 갔냐며, 친구 하나 잃었다고 슬퍼하겠지. 요즘은 인생 80도 빠르다는데 이제 60된 놈이 왜 이렇게 일찍 갔냐며, 술 한 잔씩 하고 옛날 일을 회상하며 내 가족들을 위로해주겠지.

내 장례식장엔 날 위로해줄, 소수의 사람들이 올 거라는 가정하에 뒷일을 생각하기로 했다.

'나 그럼 언제 죽지…?'

'그래, 지금으로부터 49일 뒤에 죽는 거야.'

49일 동안 죽은 다음, 재를 지내기도 하는데 죽기 전 49일 동안 죽을 준비를 해야겠다고 마음을 먹었다. 시한부 인생을 가진다면, 딱 요만큼만 알차게 후회없이 잘 살 수 있을 것 같았다. 그럼 그동안은 뭐하지? 여태껏 하고 싶었던 일들을 적어 내려가기 시작했다.

그래, 버킷리스트를 써보자. 시한부의 인생을 가졌으니 그동안 아무 생각 없이 죽기 전에 하고싶은 거 다 하는 거야. 미련없이 떠날 수 있도록. 그 때, 바쁘고 귀찮다는 핑계로 미뤄둔 외국어를 배우고 싶다는 의지가 생겨났다.

'영어…! 그래, 한번 배워보자.'

＊ ＊ ＊

그 생각을 끝으로 나는 문화센터로 가 시니어영어 초급반을 신청했다. 내가 벌써 노인이라니. 마음이 늙은 건가, 생각이 늙은 건가. 또 쓸모없게 여겨졌다. 이 쓸모없는 몸. 그래도 가치 있게 죽어야겠다 생각하고 아내 몰래 모아둔 돈을 수강비로 지불한 후 수강신청서를 받아 들고 나왔다.

예습도 할 겸, 참고도서를 사기 위해 동네 백화점에 들렀다. 그곳엔 점심시간이 꽤 지났음에도 사람들이 붐비고 있었다. '저 사람들은 일이 있겠지? 무슨 일을 하길래 이 시간에 나올 수 있었을까, 밖에 나와 놀아도 다시 일할 곳이 저 사람들에겐 있겠지?'라고 그들이 어딜 향해 가는지도 모르면서 나는 마냥 부러워했다. 남들 일할 시간에 노는 나와는 달리 돌아갈 직장이 있을 다른 사람들의 일상이 궁금해졌다. 나같은 일개 회사원에겐 마냥 신기함 그 자체였던 평일의 백화점 탐방. 그 일을 나는 결국 하고 말았다. 그것도 죽기 전에 말이다.

서점에 가기 전 카페에서 카페인이 들어가 있지 않은 커피를 시켜 앉아 바삐 지나가는 사람들 속에서 방금 전 했던 생각을 복습하며 생각했다.

'나 또 부러워했구나.'

첫 직장이 마지막 직장이 될 때까지 참 열심히 살았다고 생각했는데 노력 끝에 돌아온 건 명예퇴직이었다. 집과 회사를 오가며 회사가 제 2의 집인 마냥 살았는데, 자고 일어나 아침에 갈 나의 집이 사라진 기분이었다. 그 아침의 공허함을 달래기 위해 매일 쓰디쓴 커피 한 잔을 내려 마시며 11층의 아파트에서 사람들을 내려다 보았다. '저 사람들은 갈 길이 있겠지. 개미만 한 저 사람들이 오늘은 또 어떻게 치열하게 하루를 살아낼까.' 이런 저런 생각에 목적이 분명한 사람들의 당찬 발걸음을 부러워했다. 때로는 일주일 내내 하릴없이 카페에 가 가만히 앉아 있었다. 규칙적으로 어디라도 가서 뭐라도 해야, 뭐라도 된 사람 같았다. 그러나 이러한 시간마저 이내 그만 두었다. 아침엔 그렇게나 커피를 마셔 댔고, 그의 여파로 밤에는 늘 수면제를 복용했다. 나란 놈은 늘 때를 몰랐다. 물러날 때도 놓치더만 이젠 잠 잘 때를 놓치고야 말았다.

커피 잔을 다 비운 후 원래 목적지였던 백화점 안 서점으로 향했다. 베스트셀러로 진열된 책들이 내 눈을 사로잡았다. 짧은 글, 에세이들이 주 인기를 이루고 있었다. '내 삶도 짧고 내 인생도 에세이인데 내 삶은 예쁜 글이 되지 못하는구나.' 내 자신에게로 향하는 핀잔의 눈길을 영어책으로 돌려 마땅한 책을 집고 계산대로 향하려던 순간, 여행책들이 눈에 들어왔다.

여행, 돈이 없고 시간이 없었다. 그래서 못해봤다. 이젠 시간은 많고 돈만 없으니 해도 되지 않을까. 그래, 저승에서의 여행을 이제 곧 할 텐데 이승에서의 여행도 해야 덜 억울하겠지. 가족들과 함께하는 마지막 여행을 하는 것도 좋은 추억이 될 거라 생각하고 전국여행 안내지침서가 담긴 여행책을 샀다. 분명 아내는 싫다고 하겠지. 내심 걱정도 됐지만, 죽은 사람 소원은 못 이뤄도 산 사람 소원 하나쯤은 이뤄 줄 수 있겠지, 하며 기대감을 가지고 화장실에 들렀다.

162

볼일을 본 후 손을 씻으려고 세면대 앞에 섰다. 그때, 아내의 잔소리가 귀에 들리는 듯했다. 늘 아내는 볼일 보고 온 나에게 손은 닦았냐고 물었다. 엷은 미소가 지어졌다. 안 보이는 그녀가 내심 무서워 액체 비누를 짜 30초간 손을 깨끗이 닦고 있었다. 갑자기 세면대의 수도꼭지에 빨간 점이 똑—하고 떨어졌다. 그 순간 심장이 쿵—하고 떨어질 뻔 했다. 어디가 아픈가 했다. 아내의 들리지 않는 잔소리보다 무서웠다. 코피가 난 건가 했다. 아니었다. 입에서 피가 흐르는 큰 병에 걸린 건가. 그것도 아니었다. 아, 알아차렸다. 그저 온수를 표시한 스티커였을 뿐이었다. 식겁했다. 죽겠다고 날을 받아 놓은 사람이 그깟 피 한 방울과 비슷한 온수 표기를 한 점을 보고 겁을 먹었다. 어이없는 상황에 실소를 터트렸다. 전에 동네 방앗간의 '들깨 팝니다'를 '둘째 팝니다'로 잘못 본 것과 같은 느낌이 들었다. 인생은 문득 어이가 없었다.

* * *

"가족여행 가자."

이 한마디에 돌아온 건 줄줄이 소세지마냥 늘어나는 잔소리였다. "돈이 어딨냐, 시간이 남아도냐, 시간 있으면 집안일이나 해라." 등의 꾸짖음이었다. 기대했던 반응은 아니었지만 그렇다고 생각을 안 했던 것도 아니었다. 그저 나를 이해 못 해주는 아내한테 내심 삐쳤다. 여행 한 번 가자는 소리에 그런 핀잔을 들으니 속이 상해 일찍 잠자리에 들었다. '내가 이런 사람이라 나를 이렇게 대하나.'라고 시작된 생각이, '이렇게 못나서 세상이 나를 이렇게 취급하나.'까지 이어졌다. 갖가지 생각이 나 스스로를 못살게 굴었다. 세상이 못난 게 아니라, 아내가 못난 게 아니라 그저 그런 취급을 받는 내 자신이 한심하게 느껴졌다.

아들이 초등학교 시절, 양파를 집에 들고 온 적이 있었다. 식물 키우기 숙제를 해야 한다며 잘 키우려면 고운말을 해줘야 예쁘게 잘 자란다고 아들은 양파를 향해 세상에서 가장 예쁜 말을 해주었다. 며칠 뒤, 양파는 아들의 바람대로 아주 예쁘게 잘 자랐다.

양파와는 달리 나는 예쁜 말을 듣지 못해 이렇게 못나게 자랐나, 세상도 나에게 이렇게 말하는데 굳이 나도 나에게 예쁜 말을 해 줘야 하나, 별의별 생각을 하고 한참을 뒤척이다 잠을 청하려는 데 옆에 누운 아내가 넌지시 말했다.

"여행, 어디 가고 싶은데?"

약간의 침묵을 유지한 후 속으로 기쁜 마음을 숨기며 이내 아까 여행 책에서 본 "순천이 좋다던데."라고 답했다. 언제 언성을 높였냐는 듯 아내는 나의 힘 없는 태도에 안쓰러움을 느꼈던 건지 이번 주말에 갔다가 돌아오면 되지, 하고 말했다.

아내는 내가 명예퇴직을 하기 3년 전부터 일을 시작했다. 퇴직의 압박을 느낀 나는 아이 대학 졸업 때까지만은 다니겠다며 더 열심히 그 압박을 무시하고 일했다. 결국 아이는 대학을 졸업했고, 나는 퇴직을 당했다. 아이는 사회인이 될 준비를 하고 나는 사회인의 자격을 박탈당했다. 그 후 집안의 가장은 아르바이트 겸 건물 화장실 청소를 하던 아내가 되었다.

아내 말마따나 내가 호박처럼 생겼다면, 늙어도 팔리는 늙은 호박이 되고 싶었다. 단단한 외면을 가져 꽃도, 잎도, 씨도 내어주는 유용한 것이 되고 싶었다. 현실은 물렁물렁하고 오래된, 속을 다 내주고 다 퍼주어서 텅텅 빈 속을 가진 채였다. 하물며 보증도 잘 못 서고 빚도 제때 못 갚는 못난이 감자마냥 살아가고 있었다. 그런 날 위해, 나 조차도 버거운 나를 아내는 이고 지며 아침마다 출근했다.

* * *

다음날, 친구 놈들이 낮술을 하자고 나를 불렀다. 차 타면 20분, 지하철 타면 50분이지만, 시간이 널널한 나는 지하철을 타기로 했다. 친구를 만나러 가는 길, 델리만쥬의 냄새가 나의 발목을 붙잡았다. '오랜만이네.' 하며 2,000원어치를 사 한 입 물었다.

'별거 없네. 냄새만 좋지, 맛은 뭐, 그저 그렇네. 그럼 그렇지. 냄새에 또 속았어.'

오랜만에 먹은 델리만쥬는 냄새만 못했다. 내 삶도 사람사는 냄새에 푸근한 맛이 있을 줄 알았는데 결국 별거 없었다. 친한 친구 세 놈에 아직 정정하신 어머니, 건장한 아들 그리고 예쁜 색시까지 있는 내가, 왜 이리 불만 투성인지. 지하철 플랫폼에 불만을 가득 실어 델리만쥬의 냄새마냥 속내를 폴폴 풍기며 약속 장소로 향했다.

"어이, 백수, 여기야 여기!"

약속 장소에 도착하자 벌써 도착한 세 친구놈들 사이에서 준호가 나를 부르며 자기 옆자리를 가리켰다. 그 친구는 내가 퇴직을 당한 후로 줄곧 날 그렇게 불렀다.

꼴에 척을 했다. 사회 생활하면서. 나름 있는 척, 멋있는 척. 사회에서 나는 사막을 걷는 낙타와 같았다. 물을 가득 품고 출렁거리는 위태로운 삶. 그러나 단단하면서도 고결한 자태를 뽐냈다. 그게 사회에서 내가 가진 탈이었다. 알고 보니 나는 내 인생에 혹 두 개를 달고 살았다. 출렁출렁. 그럼에도 기죽지 않으려고, 쫄지 않으려고 혹여 들킬세라 더 우아하게 걸었다. 그러나 이 친구들 앞에선 아니었다. 고등학교 시절부터 이어온 관계에 있는 꼴, 없는 꼴 다 보여도 아무렇지 않을 만큼 가족보다도 더 끈끈한 사이였다.

"바쁜 사람 불러다 놓고 부르는 말이 그거냐."

니가 뭐가 바쁘냐고 이미 메뉴를 주문했으니 영덕이가 오늘은 자기가 쏘겠다 했다. 젊었을 때부터 자영업을 해온 영덕이는 여전히 일하고 있었다. 손님은 그런대로 늘 꾸준히 있어왔고 죽을 때까진 돈을 벌 수 있음에 좋아했다.

"아내가 뭐라 안 해? 얌마, 너도 일 해. 나이 먹어도 노는 게 아니라 일해야 돼. 사람은 일해야 가치가 있는 거야. 너 이러다가 졸혼인지, 뭔지 형수한테 그런 거 당한다니까?"

일 안 하는 나를 놀고먹는 쓸모없는 애라 놀리며 일자리를 알아봐주겠다고 자기들이 더 난리였다. 영덕이 슬며시 주머니에서 명함 하나를 꺼내 건네주며 여기로 연락해보라고 말했다. 명함에 쓰여 있던 건 경비원 구인업체 전화번호였다. 오랜 회사생활의 은퇴 선배이자 실버 일자리를 구해 일을 하고 있는 준호와, 아내와 함께 동네 작은 마트 일을 하는 성한이도 옆에서 거들었다. 요즘은 돈벌이로도 괜찮다며 노동도 하고 돈도 벌고 아내한테 구박도 안 받고 좋지 않겠냐고 했다. '곧 죽을 사람이 뭔 놈의 일이야.'라 생각했지만, 어제 아내에게 꾸중을 들은 터라 죽기전까진 그래도 일을 해야 하나 싶어 알겠다고 말했다. 어느덧 술자리가 무르익어 가고, 이 자리가 친구놈들과의 마지막 술자리가 될 것 같아 지난 추억이야기에 한 잔, 현실의 쓰디씀에 한 잔, 달달한 첫사랑 이야기에 한 잔, 거나하게 술을 들이켰다. 낮술은 초저녁이 되도록 이어졌고 나는 집으로 들어가기 전, 아들이 좋아하는 맥주를 잔뜩 사 들고 집으로 돌아갔다.

집에 도착해 곧장 방에 있는 아들을 불러 맥주를 건네 주며 주말에 가족끼리 순천에 가자고 했다.

"알바 뺄 수 있으면 갈게요."

안 간다곤 안 하는 아들의 모습에 내심 기분이 좋아져 용돈도 쥐어주며 취업준비 열심히하라고 덕담을 한마디했다. 안방으로 들어가기 전 심호흡을 크게 뱉었다. 술 먹은 나를 보고 아내가 한소리를 또 하겠구나, 하며 내심 겁을 먹고 있었는데 아내는 아무말이 없었다. 그저 내게 저녁 먹었냐고 물어보곤 먹었다는 나의 대답에 곧바로 잠을 청했다.

* * *

며칠 뒤, 아들은 아르바이트 대타를 구했고 결국 다같이 가족여행을 갈 수 있었다. 운전면허증은 있지만 평생을 장롱에 놓고 산아내를 조수석에 태우고, 본인이 운전하겠다고 하는 아들을 말리면서 아침 일찍부터 순천 가는 길로 향했다. 도심을 떠난 지 얼마지나지 않아, 퇴직한 회사의 후배로부터 연락이 왔다.

"어떻게 지내세요? 잘 지내세요?"

오랜만에 온 반가운 안부전화에 고마운 마음을 담아 그저 잘 지낸다고 말했다. 나중에 언제 한 번 밥 먹자는 나의 인사말과 함께 전화는 끊겼다.

나를 생각해주는 마음이 담긴 뜬금없는 연락에 어느덧 기분이 좋아졌다. 그 기세를 몰아 라디오에서 흘러나오는 노랫소리를 더욱 키워 흥을 돋았다.

한참 라디오에서 나오는 노래를 따라 부르다, 아내는 바깥 풍경을 보며 무언가 생각났는지 말했다.

"내일 오면서 어머니 댁에 들렀다 가. 가본 지도 오래됐는데. 돌아오는 길에 가깝잖아, 거기."

어쩌면 마지막일 수 있겠다는 생각이 들어 아내의 말에 고개를 끄덕였다.

순천에 도착해 유명 관광지와 아들이 찾은 음식점들을 방문했다. 곧 죽을 놈이라 세상이 이렇게 예뻐보이나 싶을 정도로 늦가을의 길가는 저문 꽃마저 예뻐보였다. 그렇게 소소하지만 추억으로 남길 여행을 새긴 다음날, 하루 머문 숙소에서 나온 길 즉시로 어머니를 보러갔다.

"어머니, 나 옛날 사진들 어딨어요? 오랜만에 좀 보자."

죽을 날을 받아둬서 그런지 옛일이 자꾸 떠오르고 나의 옛날이 궁금해졌다. '이땐 이랬구나, 저땐 저랬구나.' 사진을 보는 내 옆으로 엄마가 다가와 함께 사진을 봤다.

"아이구, 네 놈이 아기 때 얼마나 예뻤는지 몰라. 내가 맨날 너 예쁘고 귀하게 자라라고 예쁘고 귀한 말만 해줬는데. 네 아빠가 맨날 술 먹고 돌아와서 모진 말만 해도 그 말 듣지 말라고 귀 막고 귀 씻어주고, 예쁜 말은 배로 해줬어. 넌 나때문에 이렇게 예쁜 거야."

어머니는 이 말씀을 하시곤 주름진 손으로 주름진 내 얼굴을 쓰다듬으셨다. 내가 예쁜 말을 듣고 자랐다니. 나는 지금 이렇게도 못난데. 자식이라고 제대로 된 효도 한 번 못해보고 죽어서 미안한 마음이 더 컸는데. 엄마는 나를 금이야 옥이야 키웠다는 말에 괜스레 눈에 눈물이 고였다. 괜히 아무일 없는 척 사진을 뒤적인 후 엄마가 차려준 저녁식사를 함께 나눴다. 그 후 마지막 모습일 수도 있는 어머니를 헤어지기 전 어색하지만 깊게 끌어안고 인사를 했다.

"안녕, 저희 가요. 몸 건강히 잘 챙기시고요, 잘 계세요."

"그래, 애비야 열심히 살아. 내 걱정 말고, 난 너네만 잘 살면 돼."

아들로서 당당해 보이려고 노력했다. 그럼에도 어머니는 위축되어 있는 나의 모습을 발견한 모양인지 손을 길게 흔들며 위로하듯 우리를 배웅했다. 세차게 흔드는 손 너머로 환히 웃는 어머니의 모습에서 옛날 기억이 문득 떠올랐다.

"나 부장 달았어요, 엄마."

전화기 너머의 나에게 엄마는 아픈 관절을 이고 폴짝폴짝 뛸 것마냥 기쁜 목소리로 말했다.

"아이고, 감사합니다, 신령님, 감사합니다. 잘했다, 잘했어."

부장으로 승진을 하고 몇 달 후, 나는 동네의 가장 비싼 고급식당으로 엄마를 모시고 간 적이 있었다. 번지르르한 괜찮은 음식점에 엄마를 데려가는 것은 부끄럽게도 그날이 처음이었다. 나도 그런 데를 가는 것이 꽤 부담이 되었으니까. 음식점 앞에 도착하자마자 어머니는 음식점의 경관을 보고 들어가지 말자, 를 여러 번, 음식이 차례대로 나오는 것을 보고 가격이 얼마냐, 물어보기를 여러 번이었다. 그럼에도 내심 처음 먹어보는 음식들의 향연에 엄마는 감히 감격해 마지 않았다. 진작 사줄 걸 그랬다. 그 맛있는 걸, 그 비싼 걸 나는 40 언저리에, 엄마는 70쯤이 되어서야 처음 먹었다.

* * *

죽음을 기다린다는 게 뭔지, 죽음이 내 손아귀에 있다는 생각에 웃기기도, 한편으론 서럽기까지 했다. 내 의지대로 할 수 있는 일이 고작 나의 죽음밖에는 되지 않는다는 사실 때문이었다.

내가 죽기 23일 전이었다. 아내는 내가 홀수 년생이니 홀수 해인 올해 건강검진을 받아야 한다고 했다. 퇴직 전에 회사에서 받았으면 좀 좋았냐, 는 핀잔과 함께였다. 이왕 죽는 거 때깔 고운 귀신이 되어야겠다, 마음을 먹고서 병원을 갔다 왔다. 그간 아무렇지 않게 배우고 싶던 영어도 배우고 아침마다 산책길을 돌며 좋은 가장의 모습으로 남기위해 화도 안 내고, 그런대로 적당히 살아가고 있었다.

"이거 모양이 조금 안 좋은데요?"

유선상으로 결과에 문제가 있으니 병원 방문을 하라는 말에 다시 들른 병원이었다. 별일 없겠지, 하던 나에게 뜬금없이 의사는 말했다. 의사는 반지고리 모양의 용종이 보인다고 했다. 내게 위암이라 말했다.

"네······?"

의사의 말에 내 몸은 벌써부터 작동을 하지 않는 것 같았다. 무작정 닥쳐온 불안에 몸이 경직된 것 같았다. 위암, 그 단어는 나에게 사망 선고와도 같았다. 내가 못났다고 못난 거 입고, 못난 거 먹고 마시니 내 몸이 반항하는 건가. 이렇게 통증 없는 병도 있나. 나는 무서웠다.

병의 이름이 나의 마음을 더 아프게 했다. 암. 암이란다, 내가. 타의에 의한 죽음과, 자의에 의한 죽음은 엄연히 다르다. 의사의 그 한마디에 나는 문득 살고 싶다고 느꼈다. 모양이 좋건 안 좋건, 어린아이가 장난삼아 그린 별을 보고 모양이 안 예쁘다고 생각하듯, 생과는 아무 관련 없는 듯이 말하는 의사의 무미건조한 말에 더 오기가 생겼는지도 몰랐다. 살라니까 죽고 싶고, 죽으라니까 살고 싶고, 청개구리 같은 심보였다.

'나는 아직 죽으면 안 되는데, 우리 엄마 장례식도 자식 나 하나라 내가 치러줘야 하는데, 나는 지금 죽으면 안 되는데, 우리 아들 취업하고 결혼하고 아이 낳아서 할아버지 소리 들어야 하는데, 나는 지금은 안 되는데, 우리 아내 나 때문에 고생만 하고 살아서 이제는 행복 누리게 해줘야 하는데, 지금은 안 되는데, 아직 엊그제 본 드라마 결말도 다 못 봤는데.' 별의별 해야 할 일들이 떠올랐다. 나는 죽으면 안됐다. 나는 살아야 했다.

"선생님, 저 죽으면 안 돼요."

"네, 선생님 돌아가시면 안 돼요. 잘 치료 받고 하면 나으실 수 있을 거예요. 가능하면 빨리 수술 받고, 그렇게 하시면 괜찮으실 거예요. 젊을 때 너무 열심히 사셔서 그래요. 이제 몸 건강 챙기실 때예요. 본인만 생각하셔요."

죽을 만큼 살았는데 세상은 날 보고 죽으라 했다. 너무 열심히 살았단다. 열심히 산 나에게 세상이 주는 선물은 너무나도 가혹했다. 요즘은 80도 짧다는데, 끽해야 60 넘은 내가 죽기에 지금은 너무 일렀다. 어쨌거나 저쨌거나 기한 있는 인생을 가진 우리네 삶에서 나만 의사가 선고한 시한부 인생을 살 수는 없었다. 이렇게 빨리 가서는 안되었다. 그러기에 나는 너무 젊었다.

가족에게 그 사실을 말하러 가는 하늘은 무심하게도 파랬다. 그와는 다르게 지나간 세월은 바랬다. 나는 파란 하늘을 바랐지만 파란만장한 인생이었다. 높고 높은 하늘을 동경했는데 결국 잿빛의 하늘이 나를 뒤덮고 있었다. 나는 내 꿈을 다 이루고 죽고 싶었으니, 나의 꿈을 이루고 죽어야겠다고 생각했다. 나는 살고 싶어졌다. 그게 내 죽기 전 마지막 꿈이었다.

아내는 말을 꺼내자마자 멍하니 나를 바라보다 이내 울음을 터트렸다. 아들은 어떤 말을 해야 할지 몰라 고민해하는 듯하다 이내 벙쪄 있었다. 빨리 수술을 해야 한다며, 병원에 가자고 하는 가족들을 진정시키고 차근차근 설명해주었다. 나마저도 넋을 잃으면 가족들도 힘들어할 것 같아 정신을 차렸다. 나는 살아야 했다. 나의 슬픔을 가장 가까이서 아파해주는 사람들 곁을 떠날 수는 없었다.

＊ ＊ ＊

나는 그로부터 며칠 후 아내와 병원으로 가 수술 날짜를 잡았고, 위암 초기 완치율은 높다는 주변 사람들의 말에 불안했지만서도 안도하며 숨을 골랐다.

"여보, 이제 좋은 거, 건강한 거, 예쁜 거만 보고 먹고 듣고 해. 이번 기회로 건강 관리한다고 생각하자, 여보."

수술 날짜를 잡고 집으로 돌아가는 길, 아내는 내게 위로하며 스스로 다짐하듯 말했다. 나도 그러리라 결심했다. 장례를 꿈하다 이 나이에 장래를 희망하게 되었다. 죽기로 한 오늘이었다. 오늘에 살고 싶은 날을 더했다. 죽음이 내게 가까이 다가오자 사는 것이 소중해졌다. 그냥 평범하게 살고 싶었다. 나는 꿈이 생겼다. 완치 후에 내가 하고 싶은 일을 하고 사랑하는 가족들과 그리고 친구들과 살면, 이만하면 세상 살 만할 것 같았다. 이번 봄엔 냉이 된장국을 먹고, 여름엔 수박을 먹고 그 다음 가을엔 전어를 먹고, 겨울엔 방어를 먹고, 사시사철 맛있는 거 먹어가며, 평범하지만서도 기똥찬 그런 인생을 살아가고 싶다고 느꼈다. 가끔 나를 생각해주어 안부를 물어봐 주는 사람들도 있는 내 삶. 이 정도면, 그래도 나 살아가도 되지 않을까? 건물을 지키는 경비원으로 제 2의 인생을 열고 멋있는 중년, 멋있는 노인으로 불리는 나를 꿈꾸며 나는 오래오래 살고 싶어졌다. 안녕. 작별 인사가 될 줄 알았는데, 나는 세상에 또 다른 의미의 인사를 다시 한 번 건넸다.

"안녕."

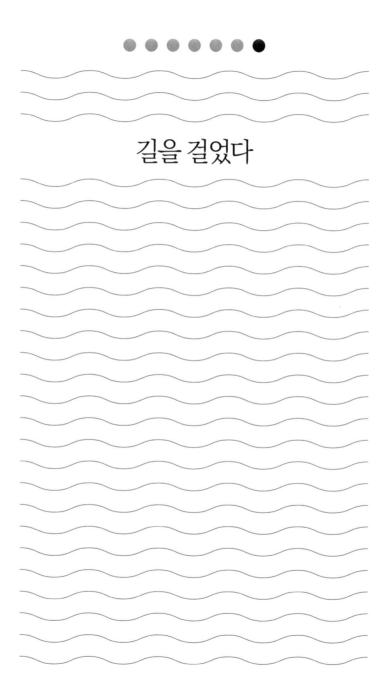

길을 걸었다

인생이 고추를 고추장에 찍어 먹는 것 같아요.
불행한 나는 이 불행한 세상에 던져진 것과 진배 없어요.

뚜벅이는 길을 걸었다. 터벅터벅— 걷다 자신이 태어났던 한 병원 자리에 멈춰 섰다. 30여 년 전 동네 산부인과였던 건물은 사라지고 그 곳엔 새로운 음식점이 자리하고 있었다.

'세월이 이렇게나 흘렀구나. 30년이면 사라질 법도 하지.'

"으앙."

한 아이가 울자 모두들 기뻐했다. 뚜벅이는 문득 기억도 안 나는 태아 시절이 생각나 옅은 미소를 지으며 말했다.

"그때가 제일 좋을 때였어."

뚜벅이는 엄마 배 속, 양수에 있던 때를 어렴풋이 떠올렸다. 그것이 상상의 기억이었는지, 실제의 기억인지는 분간하지 못했다. 그저 그때의 뚜벅이는 물 안에서 잘 도 떠다녔다는 것, 그럼에도 이제는 어느 물에서건 제대로 헤엄칠 줄 모른다는 사실만을 머릿속에 떠올릴 뿐이었다. 펑펑 울다 어푸어푸. 늘 힘에 부친 삶을 걸어가는 것도 같았다.

뚜벅이는 자신의 처지에 미온의 슬픔을 품었다. 그럼에도 훌훌 털거라는 듯 입가에 미소를 띠웠고 혼잣말로 중얼거리며 발걸음을 옮겼다.

'어릴 때 엄마가 그렇게나 다니라 했던 수영장을 다닐 걸 그랬

어.'

발걸음을 향한 모든 길들엔 뚜벅이의 추억이 서려 있었다. 여자 친구랑 헤어져 울며 앉아 있던 버스정류장 의자, 엄마한테 혼나고 집 밖을 나서며 울던 길, 시험성적표를 받아 들고 침울한 채 기다렸던 신호등 앞까지. 모든 길들에 뚜벅이의 눈물이 얼룩져 있었다.

* * *

뚜벅이는 천천히 길을 걷다 20여 년 전 다녔던 한 초등학교 앞에 머물렀다.

'그땐 참 어렸는데.'

초등학교 정문을 바라보자, 한 아이가 문득 뚜벅이의 머리 속을 스쳐 지나갔다. 초등학교 1학년, 항상 엄마가 학교를 데려다 주던 친구였다. 어느 날, 그 친구는 엄마가 아닌 다른 여성과 같이 등교를 했다.

"너희 엄마 새엄마지? 우리 엄마가 그랬어!"

새로운 여성과의 등교가 잦아지자 이런 말들이 나돌았다.

"그럼 너희 엄마는 헌 엄마냐?" 그 아이는 덧붙여 말했다. "그렇담, 너희 엄만 중고고 우리 엄만 새 거야!"

곱게 땋은 양 갈래를 하고 공주풍의 옷을 입은 여자아이가 씩씩대며 말했다. 그 친구는 자신에 대해 떠도는 말들에 거리낌없이 직면하는 당돌한 아이였다. 이후 구석진 곳, 담임선생님 앞에서 아이처럼 우는 그 아이를 뚜벅이가 발견하기 전까지는.

몇 달 전 동창회에서 그 친구 두 번째 엄마가 돌아가셨다는 소식을 듣게 되었다.

"그때는 미안했다. 괜히 막 가족 일로 놀리고." 어린 시절 그 친구를 놀린 친구는 쑥스러운 듯 어색하게 말을 꺼냈다. "어휴, 그걸 아직도 기억하고 있었어? 됐어. 우리 그때 어렸는데, 뭐."

그 친구는 뭐든지 더 많은 것이 좋다며 자신의 가정환경을 자랑삼아 이야기했다.

"야, 난 엄마가 두 명이나 된다! 너네는 한 명밖에 없지? 하하하."

아무렇지 않은 듯 그 친구는 자신만의 방식으로 사과를 받아냈다. 시간이 흘러 다 자란 성인은 과거를 꺼내 사과를 했고, 그 친구는 어렸기에 괜찮았다는 말로, 되려 사과를 한 친구를 위로했다. 그녀는 어렸지만 어른이 될 수밖에 없었던 자신의 삶을 통달하며, 별것 아니라는 듯 말했다.

* * *

뚜벅이가 조금 더 길을 따라 쭉 걷자, 어린 추억이 깃든 고등학교가 멀리에서 보였다. 그때, 주머니 속 휴대폰에서 전화가 울렸다. 잘못 걸린 전화였다. 별 대수롭지 않게 휴대폰을 다시 주머니에 넣으려는데 누군가 떠올랐다. 고등학교 2학년, 반에서 유일하게 휴대전화가 없었던 한 아이였다.

"야, 너는 폰 없으면 안 불편해?" 장난스레 궁금한듯이 반의 한 친구는 물었다. 그 물음에 당사자는 꽤나 난처해 어쩔 줄 몰라했다.

"야 너는 폰 있으면 뭐하냐, 그냥 전자시계 아니야?"

당황해하는 친구를 대신해 뚜벅이가 장난친 친구에게 말했다. 그와는 이 사건 덕분이었는지는 몰라도 어느덧 절친이 되었고 우연찮게 대학교까지 같이 다니게 되었다.

스마트폰이 한창 나오고 스마트폰으로 각종 대화와 정보가 오갈 때에도 그 친구는 여전히 2G폰을 쓰고 있었다. 그는 항상 본의 아니게 시대에 뒤처져 있었다.

"저희 단톡으로 나중에 내용 주고받아요." 대학에서 조별과제를 할 때도 카톡 이야기만 나오면 늘 난감해 하던 친구였다.

"저… 스마트폰이 없는데."

"아, 그렇구나. 그럼 내용 추가되는 대로 이메일 보내드릴게요. 그나저나 이렇게 모인 김에 술자리 가질까요? 오늘 7시쯤 어떠세요, 다들?"

"전 찬성이요!"

"저도 좋아요…!"

조금은 어색해진 분위기에 공기를 바꿔볼까, 술자리를 제안한 조장의 질문에 모두들 알겠다고 대답을 했지만, 한 명은 그러지 못했다. 그 친구였다.

"아… 저는 집이 조금 멀어서, 늦게까진 힘들 것 같아요. 죄송해요."

장거리 통학 딱지를 입학하자마자 뗀 뚜벅이와는 다르게 그 친구는 지하철 시간이 잘 맞으면 왕복 4시간, 운이 나쁘면 그 시간을 훌쩍 넘기는 뚜벅이 동네에서 아직까지도 통학을 하고 있었다.

그 친구는 늘 말했다.

그 놈의 서울.

"나도 너처럼 우리동네 벗어나고 싶어. 강의 끝나고 집으로 돌아오면 늘 그런 생각이 들더라."

때마침 뚜벅이도 부모님을 뵈러 갈 일이 있어, 그 친구와 함께 집으로 가는 길이었다. 곧 도착지에 다다를 즈음 그는 물었다.

"어떤 생각?"

"결국 나는 돌고 돌아 여기로 회귀하는구나. 어쩔 수 없는 이 동네 사람이구나. 나는 또 여기구나. 이곳이라는 굴레를 벗어날 수는 없겠구나, 하는 그런 생각."

한참을 시골풍경처럼 보이는 지하철 바깥의 익숙한 동네와 익숙한 햇빛이 그의 얼굴에 머물렀다. 이내 그의 이야기가 끝나자 그의 얼굴엔 그늘이 그려져 있었다.

뚜벅이는 강의가 끝난 어느 날 알바비도 정산된 겸 그 친구에게 밥 한끼를 쏠 생각이었다.

"아니야. 괜찮아, 다음에."

"오늘 우리집에 놀러 와, 밥해줄게." 그 다음주에도 뚜벅이는 물었다.

"아니야. 괜찮아, 미안."

그 친구는 언제나 말에 "괜찮아."가 습관이 되었다. 그런 친구에게 뚜벅이는 물었다.

뭐가 매번 괜찮냐고, 그렇게 말하는 너 때문에 내 맘이 편찮다고.

장난스레 말을 꺼낸 뚜벅이에게 친구는 조심스럽게 입을 뗐다.

주변 사람들의 호의는 그 친구에게 다 빚이었고 갚아야 할 무거운 짐들이었다고 했다. 그래서 받아도 되돌려 주지 못할 그의 마음을 "괜찮다."라는 말로 포장했다고. 아르바이트와 학업을 병행하느라 쫓기는 시간은 덤이었다. 결국 그의 가난은 그를 눈치를 보게 만들었다.

"미안, 괜히 나 때문에. 이런 말 꺼내서 괜히 네 신경 쓰이게 하는 것도 미안하네."

그의 말에 뚜벅이도 괜찮다는 말로 웃으며 머쓱해하는 그를 위로했다.

돈이 없으면 감정을 소비하는 패턴도 찌질한 것임을 증명하듯 그 친구는 감정에도 서툴렀다. 그런 그 친구에게 "솔직한 마음을 말해주어 고맙다."라고 뚜벅이는 말할 뿐이었다.

뚜벅이의 답변에 그 친구는 무언가 괜찮은 사실을 발견한 마냥 행복해했다.

뚜벅이는 학기가 끝난 기념으로 편의점 앞에서 그 친구와 간단히 맥주를 마셨다. 둘은 이런저런 맥락 없는 대화를 나눴고, 서로의 대화에 침묵이 오갈쯤 그는 말했다.

"우리 동네 참 가난했는데, 그치? 근데, 그 못사는 동네에서도 내가 제일 가난했던 것 같아."

그 친구는 남들 다 사는 마땅한 휴대전화 하나 없고, 자신의 아빠가 모는 자동차도 자신의 나이와 동갑이라는 것까지 덧붙여 말했다.

잘나지 않았던 변두리 동네에 사는 그 친구는 자신의 모습을 한탄하며 말했다. 그의 인생에서 늘 노래는 1분짜리이고, 동영상을 볼 땐 광고가 있었으며, 어디 이벤트로 받은 상품권으로 체인점 음식과 커피를 맛보는 삶의 연속이었다고 했다. 그는 이런 자신의 인생을 하나로 표현했다.

'구독형 삶의 무료 체험현장'

체험해보고 아무리 좋아도 함부로 결제할 수 없는 삶이었다고 말했다. 그러나 그는 계속해서 없는 살림에 결제를 눌러 삶을 이끌어 나갔다. 연간제가 더 저렴한 걸 알면서도 늘 본인의 삶을 한 달씩만 구독해 나갔다. 꾸역꾸역. 그의 착잡한 눈빛은 이내 건너편 음식점의 유명 연예인들의 사인종이에 머물러 있었다.

"나도 우리집 먹여 살려야 하는데. 이젠 잘나가는 사람들을 보면 그들이 잘 먹고 잘사는 모습이 아니라 그들의 부모님 모습부터 보여. 그 부모님들이 얼마나 뿌듯해 할까, 얼마나 좋아 할까, 동네방네 자랑하고 싶어서 얼마나 입이 간질간질 할까."

그도, 그의 부모도 서로가 자랑이 되지 못했다. 가난은 대물림되고 부는 세습된다는 사실이 그를 아프게 하는 것 같았다. 섣부른 위로조차 못하는 뚜벅이는 그저 그 친구의 말을 들어주는 것만으로 위로를 대신했다.

3년 전, 뚜벅이는 그 친구의 아버지가 지병으로 돌아가셨다는 소식을 듣고 장례식장에 다녀왔다.

"좀, 괜찮아?"

뚜벅이가 위로의 말을 건네자 친구는 고맙다는 말을 한 후 먹먹한 마음을 뒤로하고 담담히 말을 꺼냈다. 임종을 지켜보는데 심장 박동기 속의 심전도가 굴곡져 있었다고. 이 말을 한 뒤에도, 한참을 머뭇하던 그 친구였다. 뚜벅이는 다음 이어질 말을 묻는 듯 부드럽게 그를 쳐다보았다.

"…그게 꼭 살아가고 있다고 말해주는 것 같더라. 그러다 이내 아빠 숨이 안 쉬어지더니 그 줄이 일자로 쭉 이어졌어. 그래도 그게 꼭 나쁘지만은 않더라고. 마치 굴곡진 인생이 평탄하게 될 거라고 말해주는 것처럼. 내겐 그렇게 보였어."

그는 처연하면서도 꿋꿋이 자신의 할 말을 이어서 말했다.

"생명을 나타내는 그 줄이 굴곡져서 우리 인생도 이렇게 굴곡진 건가? 인생이 끝나면 그 줄처럼 평온에 이를까? 사람들이 하는 말처럼 죽으면 끝이었으면 좋겠어. 죽어서도 힘들면 괴롭잖아."

자신이 가진 가난의 괴로움을, 그리고 가정을 책임져야했던 아버지의 슬픔을 위로하며 그는 자신만의 방식으로 아버지를 떠나보냈다.

그 일이 있고 난 후, 그 친구는 2년 전, 아버지의 임종을 함께 지켜준 여자친구와 결혼을 했고, 여전히도 행복한 신혼생활을 즐기고 있었다. 돈이 없으니 결혼하지 않겠다고 했던 친구였는데, 돈이 없어도 행복하게 만들어줄 여자를 만났다고 했다. 그리고 결혼식에 초대받아 간 뚜벅이에게 그 친구는 서툴지만 환하게 웃으며 고마움을 전했다.

"나 같은 부족하고 모자란 친구랑 여태까지 친구해줘서 고마워."

* * *

다음날 뚜벅이는 일요일을 맞아 학창시절 가끔 가던 성당을 갔다. 그 옆 건물엔 휘황찬란한 간판이 말해주듯 아직까지도 굳건하게 자리를 잡고 있는 교회도 보였다. 그 교회 건너편 공원에선 선남선녀가 서로 환하게 웃으며 뚜벅이 쪽으로 걸어오고 있었다.

"우리 교회 오세요! 오면 이런 것도 드려요!"

뚜벅이가 중학생 때였다. 아침 등굣길 교문 앞에서 한 젊은 여성은 학생들이 호기심을 가질 만한 각종 다양한 과자와 필기구들을 손에 쥐고 학생들을 전도했다.

"토요일에 오세요!"

그녀의 손에 들린 과자 때문에 뚜벅이는 그 교회를 안 갈 수가 없었다.

교회를 처음 간 그 날은 토요일이었다. 성전 앞 크게 여성인지, 남성인지 구분이 안 갈 만큼의 짧은 머리를 한 사람의 초상화가 걸려 있었다. 예배시간이 다가오자, 그 넓은 공간에 하나둘씩 사람들이 찼다. 정시를 알리는 잔잔한 피아노 선율과 함께 예배가 시작되었다. 뚜벅이 옆으로는 그의 엄마와 나이가 비슷한 여성이 고개를 숙인 채로 계속해서 눈물을 흘리며 설교를 듣고 있었다.

그날 예배에 참석하고 교회에서 보상으로 받은 건, 각종 팽이와 같은 장난감이었다. 그렇게 계속해서 이어지는 선물 공세에 뚜벅이는 그 다음주도 그 다다음주도 교회를 나갔다. 엄마도 전도해서 같이 오라는 웃어른의 말에 그는 엄마도 데리고 같이 나갔다.

예배 때마다 뚜벅이의 옆엔 항상 울고 있는 그녀가 우연인지 인연인지 앉아 있었다. 몇 개월 후, 한 중년여성이 다가와 엄마에게 이제 성경공부를 하는 게 어떻겠냐고 물었다. 그녀는 동네의 새로운 사람도 만나고 여러모로 좋을 것 같아 그러겠다고 했다.

낮을 잘 가리는 엄마는 언제나 뚜벅이를 데리고 모임에 참석했다. 그는 여성만 있는 성경공부 모임이 늘 어색했다. 그럼에도 신도들은 그런 뚜벅이를 신경도 쓰지 않으며 자신의 가정사를 꺼내 울부짖었고, 후엔 노상 그랬듯 눈물 젖은 기도로 모임을 마무리했다. 별 일없이 산 뚜벅이의 엄마였지만 동정심이 많은 그녀는 그들의 눈물에 하나같이 토닥여주었다.

그 교회에는 대빵이 존재했다. 그 사람에게 늘 신도들은 신앙상담 내지 자신들이 가진 어려움을 토로했다. 그날은 뚜벅이가 상담 중에 있는 그를 마주한 날이었다. 한 신도가 텃밭에서 옥수수를 캤으니 몇 개 가져가라는 소리에 엄마와 함께 평일에 교회를 잠시 들렀다. 옥수수를 핑계삼아 성경 이야기를 하는 그들을 기다리며, 뚜벅이는 화장실을 간다는 틈을 타 밖에서 시간을 때우고 있었다. 복도의 의자에 앉아 있던 뚜벅이 건너편으로 한 문이 끼익−대더니 살며시 열렸고, 그 틈새로 익숙한 얼굴이 보였다. 그는 초상화에 나온 것보다는 조금 더 풍채가 있었다. 그 앞에 앉은 사람은 늘 뚜벅이 옆에서 묵묵히 눈물을 흘리며 기도를 하는 여성이었다.

"인생이 고추를 고추장에 찍어 먹는 것 같아요. 불행한 나는 이 불행한 세상에 던져진 것과 진배 없어요."

의도하지는 않았지만 그녀가 하는 말들이 뚜벅이의 귀에 들렸다. 그녀는 몇 년 전 자신의 하나뿐인 아이를 잃었다고 했다. 수척한 모습을 하고 안 움직일 것 같은 메마른 입술에서는 계속해서 그녀의 눈물이 적셔져 신음의 말이 터져 나왔다.

"그녀는 그리도 강하면서 왜 이렇게 날 연약하게 만드셨을까요? 감당할 만한 시험을 준다는 건 누구의 기준이었을까요? 아직도 아이가 늘 꿈에 나와요. 그래도 요즘엔 가끔 나와요. 그것마저 좋아요. 처음엔 교주님의 말씀 따라 기도만 했어요. 그래도 힘들더라고요. 몇십억 인구 중에 그냥 나 하나 기도 응답 받는 게 그리도 어려운가 했어요. 신이 존재하는 건 분명해요. 다만 날 위해 존재하지 않았어요. 아이를 살려달라고. 제발 살려만 달라고. 그렇게 날마다 기도를 했어요…… 결국 날 위로해줬던 사람들도 하나같이 다 떠났어요. 산 사람은 그래도 살아야 하지 않겠네요. 이젠 그만 힘들고 이겨 내래요."

그녀는 막을 수 없이 흐르는 눈물과 콧물을 조용히 옆에 있던 휴지로 닦아내며 눈물이 섞인 말을 재차 이었다.

"내 딸이 그렇게 되고 나서 전, 죽은 목숨이었어요. 저는 살아 있지 않았어요."

처음엔 꼭 이렇게 죽은 채로 살아야 하나, 물은 적이 있던 그녀였다. 자식이 있는 곳으로 자기도 가고 싶다고.

"그 아이가 간 이후로 행복할 수 있는 방법을 까먹었어요. 어떻게 해야 행복한지를 모르겠더라고요. 제가 다시 아이와 함께 있을 때처럼 끝간 데 없이 행복할 수 있을까요? 불행은 끝도 없던데…… 받을 사람 없는데 사랑은 넘쳐만 나고 돈은 없는데 벌지도 못하고. 아픈 곳은 많은 데 치료해줄 사람은 없고, 위로해 줄 사람은 없는데 괴롭기만 했어요, 늘."

그녀는 한참을 천천히 자신의 이야기를 하다 약간 힘을 주어 말을 꺼냈다.

"현실은 이래도 그분은 결과론적인 분이시라 나를 보고 '좋았더라.' 하시는 건가봐요. 제 지금의 모습은 여전히도 좋지 않은데 내 모든 모습을 미리 아시고, 견뎌낼 이제의 모습들을 보시고 그러신건가봐요. 이 모든 아픔도 머지 않아 그들 말마따나 다 이겨 낼 수 있을 거예요. 전 그렇게 믿어요, 교주님이 계시니까요."

"처음에는 원망도 많이 했어요. 그분은 나를 왜 이렇게 과대평가하시는지. 그래서 내 삶에 이렇게나 큰 고통을 주시는 건 아닌

지 생각도 해봤어요. 사랑하신다면서, 그렇다면 날 사랑하는 거 티 좀 내주시지 하고요. 그래도 이제는 괜찮아요."

"그 아이를 잃은 죄책감에 스스로를 사랑하지 못해도 나를 사랑해주지 못한 만큼 나 대신 나를 더 많이 사랑해주세요. 기도하면 그렇게 느껴져요."

자신의 할 말을 다 쏟아 붓고 결국 소리 내어 펑펑 우는 그녀 앞으론 자신의 초상화보다도 더 동작이 굼뜬 상태로 무뚝뚝한 모습을 하고 가만히 듣고만 있는 그가 보였다. 그럼에도 그녀는 계속해서 그에게 감사를 표했다. 그런 그녀에게 단지 손을 잡아주며 "늘 그분은 신도님과 함께 하십니다."라고만 전하는 그였다. 뚜벅이는 새삼 무뚝뚝한 교주의 말에 할 말이 목에 막혀 기침으로 나왔다. 그의 인기척에 조금 열린 문 뒤를 의뭉스럽게 쳐다보는 소리가 들려 뚜벅이는 곧장 화장실로 도망쳤다. 괜히 개수대 물을 틀어 손을 닦았다. 부리나케 달려나온 복도에서는 뚜벅이를 찾는 엄마의 소리가 들렸다. 그 사이 비는 창문 밖 너머로 타닥타닥 요란하게 내리고 있었다.

그 일이 있고 난 후 참석한 예배에서도 그녀는 늘 그렇듯 침묵으로 기도를 했다. 수백 번 물었으나 되돌아오는 것은 아무것도 없다는 듯, 교주에게 말한 것과는 다르게 그녀는 또 눈물을 흘리며 예배에 열중할 뿐이었다.

교회에서 돌아온 그날 밤, 뚜벅이는 꿈을 꿨다. 교주는 뚜벅이의 집 화장실과 비슷한 구조의 욕조에 들어가 있었다. 그 건너엔 매번 뚜벅이 옆에 앉아있던 여성이 욕조 위로 눈물을 흘리고 있었다. 그녀의 눈물로 욕조엔 물이 차고 있었다. 그럼에도 그는 방수옷을 입은 듯 물에 녹지 않았다. 건조하고 메마른 그녀에게서 나는 눈물은 홍수처럼 계속해서 욕조를 가득 채우고 있었고 공기 중에 들어 찬 수분기에 빼빼 마른 그녀의 손이 촉촉해지는 것이 보였다. 교주는 넘쳐나는 물이 아무렇지도 않은 듯 수분 가득한 부드러운 웃음을 띠고 있었다. 김 서린 화장실로 점차 그녀의 형태가 뿌옇게 될 무렵 그녀의 눈물이 그의 목젖 가까이에 도달했고 기어코 얼굴을 덮었다. 교주는 여전히도 욕조에 붕붕 떠 있을 뿐이었다. 짠 물속에서 기침을 하는 듯도 했다. 결국 그는 범람한 눈물을 이기지 못 하고선 방수가 된 채 침수되었다.

그 꿈을 꾼 이후로, 토요일마다 가던 교회를 뚜벅이는 가지 않았다. 뚜벅이의 엄마가 계속해서 보챘지만 주변에서 들리는 소문

도 그렇고, 친구들이 하는 말도 그렇고 그 교회는 아닌 것 같다고 했다. 귀가 얇은 뚜벅이 엄마는 그런 것 같기도 하다, 말했고 엄마는 뚜벅이의 말에 교회에서 오는 전화를 받지 않았다. 뚜벅이의 방에는 여전히도 교회에서 받은 각종 다양한 물건들로 가득했다. 간식들을 하나둘씩 까 먹고, 물건들을 다 써 갈쯤, 뚜벅이가 그 곳을 가지 않는 횟수가 점차 늘어나고 있었다.

모처럼 휴일을 맞아 뚜벅이는 아빠와 등산을 했다. 등산을 하다 사뭇 엄숙해보이는 절에 가 불상 앞에 가만히 앉아 있었다. 그러기를 잠시 분위기에 휩싸여 뚜벅이는 기도를 했다. 절당에 앉아 부처를 앞에 두고 그녀의 신께 기도를 했다. 한참을 가만히 답장을 기다리는 양, 침묵을 지키다 기도를 이었다.

'그녀의 질문 없는 물음에 답을 주세요.'

하산을 하고 내려온 동네 어귀 멀리에선 빨간색의 십자가가 환하게 비춰 있었다. 교회에서 나오는 불빛이었다. 세월의 흔적이었던 건지 그 새빨간 십자가는 옆으로 비스듬히 기울어져 있었다. 빨간 간판은 'X'를 표시하고 있었다.

그날 이후 뚜벅이와 그의 가족은 그저 동네 근처 성당을 가는 것으로 합의를 보았다. 불당을 가볼까도 했지만 매번 기도를 하러 가기에는 그 여정이 귀찮기도 했다. 그는 성당 옆 건물에서 비쳐 오는 기울어진 새빨간 십자가를 무시한 채였다.

* * *

오랜만의 미사를 끝내고 나온 뚜벅이는 한껏 채워진 신앙심을 가득 싣고 집과는 반대되는 방향으로 길을 걸었다. 여유로운 마음이 때 마침 휴일이라 그런 건지 아니면 저쪽에서 불어오는 선선한 날씨 때문인 건지 알지 못한 채 뚜벅이는 가벼운 발걸음을 하고 걸었다. 날씨의 풍성함에 새가 지저귀고, 많은 음식점에서 풍겨오는 냄새들의 섞임과, 알록달록한 광경을 선사하는 길거리의 나무들 그리고 북적이는 각각의 다른 발소리가 스치는 사이로 뚜벅이는 길을 걷고 또 걸었다.

네 면

한 번씩 눈물로 내면을 토렴한다.
내 마음에 따스히 위로를 건넨다.
내 몸이 서서히 데펴졌다.

나의 내면엔 네 면이 있다. 내게는 그런 면이 있다. 좋은 면, 나쁜 면, 내향적인 면 그리고 외향적인 면. 네 개는 그런 면들이다. 학교에선 이쪽, 회사에선 저쪽, 집에서는 오른쪽, 밖에서는 왼쪽 면으로 보여져왔다. 면들이 가끔 부딪힐 때면, 서로가 충돌해 두 면이 혹은 다면이 동시에 역할을 해내기도 했다.

나이가 들어가니 한 사람의 역할이 많아졌다. 아이들이 부르는 동요처럼 이름은 하나인데 날 칭하는 건 여럿이었다. 나는 엄마이다. 아내이기도 하고 딸이기도 하고 누나이기도. 그러다가 부장, 아줌마, 행인, 당첨자, 입주자, 생일자, 진급자, 받는 이, 보내는 이 등등의 신분이 된다. 나에겐 무수히 많은 면모들이 있다.

나는 오늘 상무에게 대차게 까였다. 이 따위로 해서 어쩔 거냐고, 그녀가 대차게 소리를 질렀다. 내가 무슨 말만 하면 틀렸다는 듯이 컴퓨터에 잘못 친 오타마냥 핏기 어린 눈으로 나를 본다. 나는 그녀에게 늘 빨갛게 밑줄이 그어진 긴 줄을 아슬아슬하게 걸어다니는 실수투성이의 인간이었다.

엄마의 딸이 밖에서 욕을 먹고 있었다. 서러운 마음과 억울한 마음이 동시에 들었다. 외면으로부터 받은 상처들은 고스란히 내면으로 들어와 가득 찼다. 살릴까, 죽일까, 따질까 아님 가만히 있을까. 네 면이 요동 쳤다. 집으로 가는 길 눈물을 참기 위해 하늘을 쳐다보았다. 눈물이 분수 마냥 이마를 향해 거꾸로 흐르고 있었다. 한 번씩 눈물로 내면을 토렴한다. 내 마음에 따스히 위로를 건넨다. 내 몸이 서서히 데펴졌다.

그녀 앞에서는 착한 면만 보였다. 그저 "죄송합니다, 잘못했습니다."만 수십 번 말하며 위기를 모면했다. 그래도 그녀는 불같이 화를 냈다. 나의 사과를 울렁거리게 했다. 자존심을 부수고 한 사과를 받지 않았다. 내 사과는 뻘쭘해졌다. 그럼에도 나는 다른 면이 자신의 구역 외를 침범하지 않도록 조심하고 또 조심했다.

인생이 이혼한 이혼전문 변호사 같다 느꼈다. 내가 싼 똥을 내가 치운다. 나의 감정을 회사에서 싸 들고 왔다. 오늘도 나는 우리집 대문 바로 앞 쓰레기 하차장에 나의 감정을 싸그리 모아 던져버렸다. 미워하는 감정, 싫어하는 감정. 이 모든 걸 집으로 가져갈 순 없었다. 퇴근 길, 내 손으로 해결해내야 했다. 텅 빈 마음을 들고 아무렇지 않은 척, 좋은 아내와 엄마의 역할로 무장을 하고 현관문을 연다. 그럼에도 감정은 버려도 버려도 끝이 없다. 어제 버

206

린 그 사람을 향한 미움의 감정이 분주히 아침 준비를 하는 자식과 남편을 향한 잔소리로 바뀌었다. 출근길 아침, 쓰레기 하차장을 지나치는 내게 미움의 감정은 자석으로 이어진 것 마냥 다시 나에게로 돌아왔다.

* * *

"쪼렙? 그래, 나 쪼렙이다."

어느 날 아들놈이 헤드셋을 끼고 컴퓨터게임을 하며 상대방과 말을 했다. 이상한 요즘 말 쓰지 말라 핀잔을 주다, 그 말 뜻을 물어봤다. 낮은 레벨을 일컫는다 했다. 어쩌면 모두가 쪼렙의 인생을 사는 것 같다. 너도, 나도.

출근 준비를 하며 화장실에 들어가 거울을 물끄러미 바라보았다. 그 건너편에 내가 있다. 나의 외면이 보인다. 내면도 덩달아 보인다. 반대로 보인다.

그러자 나의 내면의 소리가 나왔다.

"나는 행복하다."

오른쪽의 내면이 왼쪽의 내면으로 바뀌는 순간이었다.

49살의 나는 외국계 IT솔루션 회사에서 부장직을 맡고 있다. 지난 번 수련회에 다녀왔던 아들의 말을 빌려보건대, 그때 학생들에게 지도편달을 했던 교관의 말처럼, 상대방이 어떻게 하느냐에 따라 나는 악마가 되기도, 천사가 되기도 한다. 어느 땐 어쩔 수 없이 나쁜 사람을 자청하기도 한다. 내 부하직원들을 위로부터 지키기 위해서 거나 혹은 실적을 위해서 거나.

여성이 임원이 되고, 세상의 수 많은 소수가 사회적 부를 차지하고 윗자리에 오를 동안, 나는 그대로, 여전히도 부장이다. 내게 여성이라서, 소수라서의 혜택은 없었다. 다른 여자 동기들, 동갑들은 결혼해서 나가고, 첫째 낳고 나가고, 둘째 낳고 나갈 때도 나는 계속해서 붙어 있었다. 그래도 난 아직도 여기, 만년부장이다.

"용쓴다. 안 될 거 뻔히 알면서."

아무리 발버둥 쳐봤자 뒤에서 꽂히는 말은 똑같았다. 그들 말이 맞다. 분명 남자들이 군대가기 전 만해도 2년은 빨랐는데, 벌써 몇 년 아래 남자 동료들이 내 위에 위치해 있다. 내 주변 또래들도 마찬가지다. 전문대 출신에 체감상 20년은 더 더디어진 기분이다. 내가 과연 50에도 이곳에 남아 있을 수 있을까 싶었다.

이런 허탈한 마음은 어느 순간 턱 있다가도 사라지고 머물다가도 흩어진다. 회사 근처에서 점심식사를 하고 젊은 여자 직원들과 카페를 가 이야기를 나눈다. 시시콜콜, 나의 개인사를 털어놓는다. 젊은이들은 "아, 네에-, 그렇구나." 등의 어색한 호응만 해줄 뿐이다. 데면데면, 서먹서먹. 그들은 내게 주말에 무엇을 했는지조차 말하지 않는다. 딱히 나의 주말을 궁금해 하는 것 같지도 않고. 나만, 우리 남편이 어쩌고, 내 아들이 학교에서 저쩌고. 카페에서 아메리카노가 아닌 가격이 좀 더 나가는 음료를 사주고 나의 허전한 마음을 풀기 위해 털어 놓는 말들을 주고 받는 이 순간, 나는 그들에게 있어 좋은 사람일까, 나쁜 사람일까 싶었다.

점심을 먹고 사무실로 다시 들어가는 길거리의 화단에는 꽃이 가득했다. 싱그럽지 못한 나와 대비되어서인지 꽃은 보는 것만으로도 좋았다. 주욱 늘어진 꽃들 사이로 푯말만 남겨진 채 꽃이 피지 않은 화단이었다. '메리골드'라는 꽃이었다. 철이 아니었는 지, 아직 심지 않은 건지 그 빈 공간은 꽃의 이름만을 남겨놓고는 자리를 차지하고 있었다. 꽃이 피지 않아도 꽃의 자리였음을 나는 느낄 수 있었다.

＊ ＊ ＊

한창 따분한 오후 햇살을 맞으며 업무를 보다 갑자기 입에서 어떤 익숙한 맛이 맴도는 게 느껴졌다. 달콤한데 어딘가 짭짤한 과자, 하여튼 그런 맛이 났다. 이게 뭐였더라? 혀 끝에 모든 촉각을 동원해 그 맛의 진원지를 찾아보고자 했다. 아, 알겠다. 몇십 년 전, 고등학생 때 가끔 사 먹던 과자였다. 그 맛의 형태를 떠올리자마자 당장 회사 건물 아래 편의점으로 향했다. 당시만해도 출시된 지 얼마되지 않았던 그 과자는 어느새 가판대에 전통 있는 과자로 자리를 차지하고 있었다. 시간이 흘러 오른 물가로 몇백 원이 더 비싸진 건 덤이었다. 한 개를 살 마음을 가지고 왔건만, 때마침 하는 2+1 행사가의 유혹을 이기지 못하고 3개의 과자 봉지를 들고 사무실로 들어왔다. 더불어 갑자기 불어온 찬바람에 생각난 계산대 앞 호빵 두 개까지 합해서 말이다.

내가 먹고 싶었던 걸 단숨에 사고, 금방 먹을 생각을 하니, 인생 참 쉽게 행복해진다 싶었다. 사회초년생 때만 해도 무작정 월급을 모으고 없는 살림에 부모님 용돈 주기 급급했다. 요즘엔 좀 여유가 생겼는지 사치 아닌 사치를 부리고 있었다. 딸기도 하얀 것을 먹고, 수박도 노란 것을 먹는다. 삶이 컬러풀해졌다.

    사무실로 올라와 방금 사온 옛 과자의 포장지를 뜯어먹다 문득 그 과자를 즐겨 먹었던 어린 시절이 떠올랐다. 그 시절 모두가 가난했다지만서도, 어찌 어린 시절 우리집엔 사람들이 흔히들 말하는 아빠의 월급날 통닭도, 졸업식 날 짜장면도 없었다. 그만큼이나 나는 가난했다. 어찌 보면 여기까지 올라온 것만해도 내 인생은 감지덕지였다. 그럼에도 난 초장부터 늦었다. 가난하게 태어났고, 화목한 가정을 선사해줄 좋은 부모 밑에서 자라지 못했다. 다른 누군가를 따라 잡으려해도, 이미 난 출발선부터가 달, 아니 틀렸다.

    우리 엄마는 본인만 잘나면 되는 엄마였다. 집 앞 시장에서 액세서리가게를 하는, 꾸미길 좋아하는 바쁜 엄마였다. 그래서 그리운 집밥도, 때때마다 반찬을 챙겨주는 친정엄마도 내겐 없었다. 요리도 그다지 잘 하는 것 같지도 않고. 내게 있어 엄마 같은 엄마는 없었다. 집에서 남동생들 밥을 차려주는 횟수가 늘어나고 엄마와 아빠가 밖에서 아무리 열심히 살아도 우리 집은 늘 곯고 살았다.

"저, 갈게요."

암만 봐도 허우룩해서, 뭐 하나 챙겨주는 거 하나 없이, 여전히
도 엄마 집에 들른 나는 늘 빈손으로 떠났다. 그러면서도 늘 딸 자
식이 최고라 했다. 아들만 있는 집에서 며느리 눈치 안 보는 백년
손님인 사위가 있는, 제일 마음 편히 부려먹기 좋은 집 안의 여성
이었다. 엄마에게 나는 그뿐이었다. 그럼에도 늘 엄마라는 존재가
좋았다. 그, 뭐랄까, 뭐라 형용할 수 없는 관계였다, 엄마와 나는.
나는 그런 엄마가 싫기도 그리고 좋기도 했다. 그럼에도 엄마라고
불리우는 존재가, 나를 낳아준 엄마가 내 곁에서 같이 늙어가고
있어서 좋았다.

한때는 철없을 시절, 길에서 모성애 깊은 엄마만 봐도, 엄마로
서 책임감 강한 여성만 봐도 "우리 엄마가 되어주세요." 하며 팔을
붙잡고 안 놓아주고 싶었다. 나는 그런 엄마가 갖고 싶었다. 자식
만 바라보는 엄마, 자신의 삶을 희생하면서까지 자식을 위해서만
사는 그런 엄마를 가진 사람들이 부러웠다. 그와는 반대인 나의
엄마 밑에서 자라서인지, 나는 아이에게 좋은 엄마가 되고 싶었
다. 진짜 엄마 같은 엄마, 일을 하지 않고 옆에서 물심양면으로 돌
봐주는 그런 엄마. 결국 그마저도 가정형편상, 처녀 때부터 하던

사회생활을 계속하게 되어 그 소망은 수포로 돌아갔지만서도. 그래도 일을 계속 하다 보니 욕심도 생기고 워킹맘으로 두 가지 일을 동시에 잘 해내고 싶은 마음이 컸는데, 이 마저도 결국엔 극성 엄마가 되어버리는 꼴을 낳아버렸다. 너무 혹사시킨 게 아닌가 싶었다. 늘 아들에게 공부 열심히 하라고, 없는 살림에 이 학원, 저 학원 열심히 보내고 압박 아닌 압박을 주었다. 공부 잘해서 손해 보는 건 없으니까. 어쩌면 내가 못한 걸 아들을 통해 극복하고 싶은 마음이 있기도 했다.

그래도 엄마의 뒷바라지 덕에 내가 못한 공부를 때맞춰 하고 나름 먹고 싶은 것도 먹고 싶을 때 먹는, 나의 어린 시절보다 조금은 나은 청소년기를 보내는 아들이 내심 부럽기까지 했다.

"어머, 호빵이네. 맛있겠다."

호호 불며, 방금 사온 호빵을 먹을 때였다. 어제 내게 한 소리한 상사가 말을 걸어왔다. 하하— 사람 좋은 미소로 "드릴까요?" 하며 말했다. 언제 화냈고, 언제 미워했냐는 듯이 나는 그녀를 대했다. 내 인생이 맛있게 매웠으면 좋겠다고 생각했기 때문이었다.

"어머, 정말요? 너무 좋죠!"

앙갚음. 호빵을 반으로 갈라 팥이 듬뿍 든 쪽을 그녀에게 건넸다. 나는 팥을 그다지 좋아하지 않으니까. 이것이 나의 페이백이었다. 네가 내게 혼낸 덕. 네가 아무리 나쁘게 날 대했어도, 나는 너에게 친절을 베풀 것이다. 너는 나보다 윗사람이니까.

"팥 들어가 있는 것 봐. 안 그래도 마침 날씨도 쌀쌀해서 생각나던 참이었는데. 잘 먹을게요."

그녀는 나의 반면 교사였다. 이렇게 친절한 듯 굴다가도, 시도 때도 없이 화내고 승질내고, 악착같은 기질이 있는 그녀. '내가 네 자리가면 안 그래야지.' 하는 마음뿐이었다. 그러다가도 내가 그녀처럼 위로 올라갈 수 있을까? 억울하지만 그녀에겐 내가 갖고 싶은 커리어가 있었다. '내쳐지지만 않으면 다행이지.'라고 생각할 뿐이었다.

또 다시 업무가 끝나고 집으로 가는 지하철에 오른다. 덜컹덜컹— 지하철이 앞을 향해 계속해서 나아가고 있을 때쯤, 어디에선가 푹 익힌 김치냄새가 스멀스멀 올라왔다. 어떤 할머니 앞으로 바닥에 놓인 크고 묵직한 김치통이 보였다. 김치가 개략도 아닌 것이 그 한 통에 장독대 깊은 곳에 묵혀 있다 드디어 세상 빛을 본 김치 맛이 저절로 생각났다. 그러다 어느 틈엔가 아기의 보송보송

한 로션냄새가 났다. 피곤에 절은 듯이 축 처진 어깨를 하고 가방을 앞으로 메고 있는 남자가 눈에 들어왔다. 냄새의 진원지는 그였다. 지하철 손잡이를 간신히 잡은 내 앞에 서 있는 30-40대 남성이었다. 아마 아이 아빠였나 보다. 어느 순간 이 냄새 저 냄새가 다 섞여 익숙한 냄새가 났다. 곧이어 사람 냄새가 났다.

* * *

오늘도 집에 들어오자 마자 아들에게 결국 화를 내고 말았다. '그러지 말아야지, 그러지 말아야지.'했는데. 남동생네 부부가 일이 있어 우리집에 일주일간 머물고 있는 조카의 말을 들어보니 아들은 학원 갔다 내가 퇴근하기 전까지 내리 컴퓨터게임만 해댔단다. 저래도 워낙 똑똑해서 알아서 점수 잘 받고 하지만서도, 초장부터 습관을 들여놔야 입시 때 어려움이 없을 거라 생각했다. 고새 또 고모에게 쪼르르 달려와 꼰지른 얌체 같은 조카를 아들은 눈으로 흘기고 곧장 독서실로 향했다.

아이가 어릴 땐 무조건 사랑으로 육아를 할 거라 자부했다. 화도 안 내고 상냥하고 친절한 엄마가 되기로 다짐했다. 때 맞춰 잠을 자지 않고, 밥을 제 때 먹지 않아도 참고 또 참았다. 어느 날, 문득 집에서 애만 돌보는 내 스스로가 처량하다 느꼈다. 결국 그 어린아이에게 화를 내고 말았다.

"너, 정말 이럴래?! 너 나 죽는 꼴 보고 싶어?"

아이는 처음으로 성질을 내는 내 모습에 말도 못하는 게 서러움을 가득 실은 눈을 하고선 으앙−하고 눈물을 터트렸다. 아이에게 처음으로 보여준 나쁜 면이었다.

"내가 미안해, 잘못 했어. 내가 진석이 많이 사랑하는 거 알지? 사랑해. 응? 엄마는 진석이 없이 못 살아."

지난 번 중간고사에서 전교 2등을 한 진석이에게 칭찬을 하며, 이제는 화도 덜 내고, 안 혼내야지, 다짐하고 또 다짐했다. 지난번 우연히 본 아들의 공부노트 구석탱이에 써 있는 글귀를 읽었기 때문이었다.

내가 싫어하는 엄마의 자랑이 내가 되는 게 너무 나도 싫다. 엄마를 위해서라도 자랑스러운 아들이 되기 싫다. 엄마의 어깨가 올라가는 게 너무나도 싫다. 엄마는 왜 자꾸만 잔소리를 하는 건지 모르겠다. 진짜 꼰대야. 내가 그냥 똑똑한 거지, 엄마가 천재를 낳은 게 아닌데. 진짜 싫어. 뭐 해준 것도 없으면서.

똑똑한 아들이라고 속도 안 썩이는 듬직한 아들이라고 동네방네, 여기저기 자랑하고 다녔다. 뭣도 없는 내게 과분한 아들이라, 그게 벅차서. 회사에서도, 동네 엄마들에게도, 그리고 친척들한테도. 사춘기 아들이 엄마의 마음도 모르고 한 소리라고는 하나, 내 가슴 속엔 큰 상처로 남았다. 이래서 아들방에 들어가 청소를 하는 게 아니었는데, 그날도 어지럽혀진 방을 보고 아침에 한 소리를 하고 출근길로 오른 날이었는데, 억장이 무너진 날이었다. 내 아들이 어른이 되면 알까. 내가 가르쳐준 대로 더 좋은 어른이 되면 내 마음을 알까. 아빠가 되면 알까. 모르겠다. 그냥 둬도 잘하는 아들에게 화만 내는 나조차도 내 자신을 도무지 이해할 수 없으니까.

"하…."

아들이 썼던 글이 생각나, 잔소리를 한숨으로 메꾸던 내 옆으로 조카가 말을 걸어왔다.

"고모, 이거 보여? 안 보여?"

조카는 자기 때문에 화난 오빠의 마음을 아는지 모르는지 눈치도 없이 비밀 편지랍시고, 투명한 글씨로 쓰인 종이를 내게 자랑스럽다는 듯 내밀었다.

"아니? 안 보이는데?"

"고모는 그럼 착한 사람 아닌가 보다! 착한 사람 눈에만 보이는 거야."

착한 사람. 요 어린아이가 착한 아들에게 꾸짖은 나를 혼내는듯 말하는 것 같았다. 미안한 마음이 들어, 아들이 떠나간 현관을 물끄러미 바라보았다.

문득 아들이 태어났던 때가 떠올랐다. 아이에게 성질을 낼 때면 그때를 곱씹어 보곤한다. 한 생명이 누군가의 평범한 하루 속에 특별한 존재로 다가왔다. 내 아들의 탄생이었다. 나를 닮고 나를 사랑하는 이를 닮은 아이는 열 달을 내 품에 있다 안 나가겠다고 울며 불며 실랑이를 하다 세상에 꺼내졌다. 그 아이가 나의 태양이고 내가 지구이듯, 나는 내 아이의 주위를 내내 돌봤고 지켰다. 공전했다. 그러다가 아이가 처음으로 말을 했다.

"음마ㅡ."

어떻게 수많은 모음과 자음 중의 하나가 이러쿵저러쿵 부딪혀

서 예쁜 소리를 내어 내게 말을 걸어왔을까. 너의 첫마디가 그랬
다. 오물오물 입 안에서만 맴돌던 그 말이 너의 입에서 꺼내졌을
때는 어색하지만 묵직한, 그리고 설레는 낱말로 뒤뚱뒤뚱 내게 다
가왔다. 너에게 세상을 가르쳐준 나 역시도 서툴렀지만, 그 때 아
들이 내게 한 말 하나로 나는 훈장을 받은 것마냥 몹시도 기뻤다.
이 마음을 들고 아들이 나갔던 현관을 한 번 더 사랑스러운 눈으
로 쳐다 보았다.

'내일은 아들한테 진짜 화내지 말아야지.'

내가 자식을 키웠듯 나도 여러 사람들의 손을 거쳐 여기까지 왔
다. 나를 만난 모든 사람들이 다 나를 키웠다. 그래서 지금의 내가
되었다. 사는 법을 가르쳐준 부모님, 사랑하는 법을 가르쳐준 남
편, 우정을 가르쳐준 친구, 공부를 가르쳐준, 일을 가르쳐준… 그
모든 이들의 노력과 관심 한 줌 덕에 내가 자랐다. 가령 수줍음이
많던 중학생의 내가 친구 따라 놀러 간 웅변학원의 원장 선생님을
만나 외향적으로 바뀌게 되었다든지 하는. 나를 성장시켜준, 변화
시켜준 그들이 고마웠다.

"어떻게 지내세요? 잘 지내세요?"

오늘 아침엔 몇 달 전, 퇴직을 한 직장상사에게 전화를 걸었다. 비록 부서가 달라 자주 찾아 뵙지 못해 가끔 생각날 때마다 전화 한 통, 명절에 문자 하나 보내는 사이였지만, 그래도 이처럼 내 마음을 표현할 수 있는 이들이 있어 감사했다.

불현듯 삶을 살아가면서, 내 인생에 지나간 좋은 사람들의 면면이 스쳤다. 좋은 본보기가 주변에 있을수록 내 좋은 면이 자꾸만 삐직-하고 튀어나왔다. 나는 그들 덕분에 늘 좋은 사람이 되고 싶은 욕심이 생겼다. 그들도 나도 서로에게 있어 좋은 사람이었다. 문득 그런 좋은 사람들이 내 인생에 머무를 때마다 의아함을 품기도 했다.

'뭣도 없는 내게 왜 이렇게 잘해주세요.' 하고.

한참을 부엌 의자에 멍하니 앉아 있는데, 야근으로 늦게 끝난 남편이 도어락의 잠금 해지 소리를 내며 집으로 들어왔다.

"밥 먹었어?"

"그럼, 지금 들어왔는데 안 먹었겠어?"

"…… 씻어."

오늘 그와 한 말은 이게 다였다.

남편과도 평범하게 선을 보고 호감이 생긴 후 두근거리는 연애를 했고 떨리는 사랑을 했다. 그리고 사랑의 종착역인 듯한 결혼도 했다. 남편과 나의 만남엔 클리셰가 가득했다. 이런 우리의 연애를 보고 친구는 말했다.

"사랑이야말로 진정한 클리셰의 장르이지. 사랑에 뻔한 것이 없다면 선사시대처럼 우가우가하고 사랑하고 애 낳고 끝이게?"

옷 한 벌을 사도 여러 번 입고, 고민을 수십만 번 했다. 사람을 사귀는 데도 마찬가지였다. 내가 뭐라고. 나이가 들어가니 사람을 그렇게나 쟀다. 결국 여러 차례의 선 끝에 그를 봤다.

하나, 둘, 셋-.

'저 사람은 좋은 사람이다.'

3초 만에 확신했다. 그의 첫인상이었다. 그의 외면이 마주치자 그의 내면이 보였다. 선을 보는 게 처음인 양 허공을 응시하며 멍하니 앉아 있는 외면의 네가 떨리는 나의 내면으로 들어왔다. 첫 만남에 서로 데면데면, 그러다 오고 가는 말에 조금은 가까워진 기분이 들었다. 친구의 말이 맞았다. 그 흔한 사랑의 레퍼토리처럼 그에게 눈이 갔고, 마음이 갔다. 끝내 저면했다.

수더분하면서 어딘가 지조 있어 보이는 그였다. 그래서 반했다. 누군가 보기엔 인물 없다 할 사람이었지만, 내 눈엔 한없이 잘생겨 보였다. 요즘 애들의 표현을 빌려 말하자면, '멋생김'이었다.

연애 때는 늘 그에게 좋은 면만 보여주었다. 그 사람 앞에서는 애교도 많았다. 여전히도 집에서는 싸가지 없으면서도 책임감 있는 장녀였지만.

"이 단발머리가 긴 머리가 되면, 그때 결혼하자."

돈이 없어서 지금은 결혼할 수 없다고 하지 못했다. 너 돈 없는 거 나도 알고, 나 돈 없는 거 너도 알지만, 솔직히 말할 수 없었다. 조금만 더 있다가 결혼하자, 라는 약속을 4년만에 이뤘다. 나는 긴 생머리를 하고 웨딩 드레스를 입었고, 많은 이들의 축하 속에 결혼을 했다. '저 사람은 나의 이 면만 본 사람이구나, 저 사람은 나의 저 면만 본 사람이구나, 저 사람은 나의 네 면을 보지도 못했을 텐데, 왜 저기 있지? 아, 아버지 친구시구나.' 그렇게 내 결혼식은 막을 내렸다.

저기요, 에서 뭐뭐씨. 그러다가 뭐뭐야. 마침내 여보. 결혼 후 어느 날은 신 게 먹고 싶었다. 남편은 곧장 신 과일을 사다 주었고, 그렇게 나는 누구 엄마로 불리우게 되었다. 그러다 우린 점차 호칭도 부르지 않는 사이가 되었다. 이름 없는 사람이 되어가고 있었다. 그는 여보도, 내 이름도 부르지 않았다. 그저 주어 없는 단조로운 문장만 있을 뿐이었다.

지금의 난 남편을 볶음밥에 들러붙어 있는 누룽지를 떼어내듯 박박 긁기만 해대는 여편네가 되어가고 있었다. 머리가 하도 복잡해서 그에 따라 뽀글뽀글해진 아줌마 머리는 덤이었다. 나는 이제 그에게 나쁜 면만 보여주고 있었다.

"야, 이 나쁜 년아."

처음으로 그와 부부싸움을 한 날이었다. 결혼한 지 8개월 되던 때였다. 그의 말에 난 빙면에 있는 듯 했다. 몸이 얼어붙었다. 연애 때는 보지 못한 모습이었다.

연애 때는 나의 모든 면들을 사랑해주던 사람이었다. 그렇다고 느꼈다. 언젠가 연애 때, 내가 왜 좋냐고 물은 적이 있었다.

"예뻐서."

그는 내 외면을 좋아했다. 그때는 그 말이 그렇게도 설렜다. 그에게 있어 나는 껍데기가 다였다. 처음 부부싸움을 한 그날은 텅 빈 마음에 소라껍데기에서 들리는 바닷소리가 났다. 공허했다. 이제는 언제 내게 부드러웠나 싶게, 퉁명스러운 말투로 나를 대한다. 나의 모든 면들을 싫어하나보다. 나 역시도 그가 밖에 있어도 싫고, 집에 있어도 싫고, 밥 먹어도 싫고, 밥을 안 먹는 건 더 싫고. 서로 같은 마음이다. 그냥, 저냥 이렇게 사는 것 같다. 이 관계를 회복해보려고도 했지만, 이젠 마음을 접었다. 때 늦은 저녁을 차려 먹으며 생각했다. 세상에 굳이 맛있고 먹을 것도 많은데 그런 마음까지 먹어야 할 필요가 있나 싶었다. 이제 내게 비빌 구석은 내 앞에 놓인 이 비빔국수밖에는 없다. 우리는 서로에게 의지하고 자상한 말투를 건네는 것도 어색한 사이가 되었다. 내 귀에선 계속해서 늘 겨울의 텅 빈 바닷소리만 위잉-하고 들린다. 껍데기도 점차 쭈글쭈글. 이뻐서 좋은 것도 더 이상은 없다.

"들들 볶아, 그만 좀 볶아! 네 밖에서 남편한테 이렇게 대하는 거 아냐? 어휴, 아들놈이 닮을까, 무서워. 밖에선 착한 소리 듣지? 아니야, 너 진짜 못돼 처먹었어, 알아?"

"지숙 부장님, 사람 좋아요."

"칭찬이 자자 하시던데요? 다 때가 있을 거예요. 내년에 더 잘

224

되려고 하시나 보다."

누군가에겐 좋은 사람, 누군가에겐 나쁜 사람, 이랬다가 저랬다가. 나는 뭘까 싶었다.

지금 내 남편의 모습은 어디선가 본 듯 익숙했다. 우리 아버지에게서 자주 보이던 모습이었으니까. 돌아가시기 전까진 아버지도 나이가 들었는 지, 깨갱-하며 엄마 말을 곧잘 들었다. 기가 죽은 듯도 해 보였다. 점차 자신이 꼬장꼬장한 할아버지인 것을 수용하며 변화하려는 아버지의 모습에서 어색함이 느껴졌다. 그 누구보다 아버지가 변하길 바란 건 나였는데, 그 모습마저 가식 같고 껄끄러워 보였던 건 아마 호랑이 같던 지난 시절이 겹쳐 보였기 때문이었다.

수줍고 늘 쑥스러움을 잘 타는 나를 보고 남편은 내게 반했다. 내향적인 면이 나의 매력으로 보였단다. 사실 난 친구들 사이에서 개그우먼이었다. 학창시절 나름 오락부장도 하고. 공짜로 다닌 웅변학원의 효과 덕분인지 몹시도 외향적인 사람이었다. 순, 그 앞에서만 보인 내숭이었다.

"어머, 너한테 이런 면도 있었어?"

대학교 졸업 후, 한껏 당돌해진 사회인이 된 나의 모습을 처음 봤을 때 친구들은 내게 말했다.

나의 네 면을 그 친구들에게만큼은 다 보여준 줄 알았는데 아직도 안 보여준 것이 있구나, 했다. 아니, 나조차도 못 본 면들이 시간이 지나며 튀어나오는 거였을 수도 있었다.

젊을 때는 어린 시절 친구들을 곧잘 봤는데, 이제는 그 마저도 여의치 않다. 서서히 멀어진다. 보고 싶은 친구들을 오랜만에 연락해 안부를 묻기에도 어색한 사이가 되었다. 연에 연연해 하지 말자고 속으로 다짐했다. 사람 대하길 낯낯한 사람이었던 나는 관계에서만큼은 내향적인 면이 툭 하고 튀어나왔다.

정말 절친했던 대학교 친구와도 어느 순간 사이가 멀어졌다. 조면한 관계가 되었다. 나의 한 쪽 면에 그 사람이 부딪혔다. 내게 물심양면으로 도와준 친구였다. 그녀의 모든 면은 내게 고마움투성이었다. 연애를 할 때도, 결혼을 할 때도, 아이를 낳을 때도 늘 함께 해주던 평생을 함께 할 것 같은, 그런 친구였다. 그럼에도 멀어졌다.

"너도 옷 좀 사 입어, 집에만 있다고 아무렇게나 입고 다니지 말고."

그녀가 내게 부딪힌 건 네 면의 한 모서리였다. 전업주부였던 친구에게 그저 흘러가듯 한 말에 그 친구는 상처를 받았다고, 다른 친구를 통해서 들었다. "실수였다, 미안하다." 말하고 싶었지만, 그녀는 나의 깊숙한 내면을 들여다 보고 싶은 마음도 없어진 듯 나를 피했다.

대학생이 되고, 직장인이 되면서 어디서 샀는지 모르는 옷이 한 가득인 것처럼, 어디서 만난지 모르는 사람들도 한가득이었다. 어른이 되면 그런가 보다 했다. 그 사람들은 모두 갖가지 직업군의 모습을 띠고 살아갔다. 편집자로서 나의 삶을 오리고 붙이고, 목수처럼 내 자존감을 깎아내리고, 제단사처럼 늘 나를 재단했다. 그냥 그러려니 했다. 나이가 들어가니 감정 또한 함부로 표출하는 것도 귀찮아졌다. 그들이 그러기를 그저 내버려두었다. 나이가 차니 말 없이 입 닫고 사는 게 지혜라는 것을 깨달았기 때문이었다.

어느 땐 내가 관심 없어 하는 곁다리 인물들이 종종 나에게 말을 걸어올 때가 있다.

"저번에 상추 모종 심었다며, 잘 자라고 있어?"

시시콜콜한 나의 사적인 이야기들을 어떻게 알지? 내가 이이에게 그런 말을 했던가? 사소한 일상을 이 사람과 왜 공유했지? 하곤 이내 네에-했다. 이런 사람들과는 선이 없는 이어폰을 충전해 무선으로 연결된 노래를 듣는 것과 같았다. 에너지를 충전해 보이지 않는 선을 이어 관계를 꾸역꾸역 지속해 나간다. 이런 사람들과의 대화는 또 다시 한 번 부질없이 내 기억 속에서 잊힐 것이다. 그럼에도 이런 내 모습이 그들에게 어떻게 비춰질지 궁금했다.

＊ ＊ ＊

생일 축하해요. ☺

내 생일. 아들이 선물이라고 메신저의 이모티콘을 선물해준 적이 있었다. 고맙다, 미안하다, 사랑한다. 내 감정을 이리도 쉽게 띡-하고 상대방에게 전할 수 있다니. 무수히 많은 말을 곱씹고 또 곱씹어 문자를 보내는 나로서는 여간 편한 게 아니었다. 내가 느끼는 감정을 도장 깨기 하듯 사람들에게 나의 감정을 귀여운 캐릭터 뒤에 숨겨 보냈다. 그럼에도 현실에선 내 마음을 좀처럼 꺼내기가 쉽지 않았다. 주머니에 있는 손가락 두 개의 조그마한 하트도, 밑으로 내린 엄지 손가락도 온전히 내 마음을 꺼낼 수는 없었다. 너를 좋아한다. 싫어한다. 내시경을 해도 내 마음이 보이지 않았다. 무엇을 해야 보일까 싶었다. 아니 어느 누구에게라도 내 마음을 온전히 꺼낼 수나 있을까 싶었다.

엄마의 칠순기념으로 가족여행을 간 적이 있었다. 부모와 함께하는 시간은 늘 추억을 만드는 시간 같고, 동창들과 노는 시간은 늘 오늘을 즐기는 시간 같다 여겼다. 그렇게 그날도 엄마의 웃음을 추억으로 새기고, 80세의 엄마가 보면 아련하게 여기며 좋을 때지, 할 젊은 엄마를 카메라로 남겼다.

몇 년 전, 예고 없는 계획이 달력에 동그라미로 그려진 날이 있었다. 엄마가 죽었다. 준비하지 못한 헤어짐이었다. 엄마는 간다는 기색조차 없이 나를 떠났다. 엄마는 그 먼 곳을, 동행자없이 혼자 갔다, 말도 없이. 아, 우리 엄마 골다공증 있는데. 우리 엄마 낯가리는데. 우리 엄마 사람 많은 곳 안 좋아하는 데. 어쩌지, 하고 걱정했다. 없는 형편에 엄마와 관련된 거라면 있는 걱정, 없는 걱정을 사서했다. 그러다 안심했다. 엄마는, 엄마는 천당에 있을 거니까. 아─ 마음이 놓였다.

엄마는 이기적이게도 자신의 죽음을 스스로 준비하고 있었다. 아마 아빠가 죽은 후부터였던 것 같다. 옷가지들과 사진들, 살림 도구들을 하나둘씩 버렸다. 알고 보니 세상 떠날 준비를 일찌감치 하고 있었다. 언젠가 그리 될 줄 알았나 보다. 결국 나만 엄마의 죽음을 준비하지 못하고 있었다.

젊지도, 늙어 보이지도 않은 딱 그때의 당신에게 알맞은 모습을 한 엄마의 영정사진이 장례식장에 놓였다. 칠순기념으로 간 여행에서 보인 웃음 그대로였다. 엄마와 난 사별을 했다. 사는 게, 죽을 사(死)라는 게 뭔가 싶었다.

엄마가 죽었다는데, 아무 생각도 나지 않았다. 눈물 한 방울도 나지 않았다. 3일 내내 장례식장에 찾아오는 문상객들을 공허하지만서도 친절한 미소로 맞이했을 뿐이었다.

주부강습으로 동네에서 요가수업을 들을 때도, 뜨거운 찜질방에 들어갈 때도 그리고 치과에 가서도 사람들은 내게 말했다.

"잘 참으시네요."

나는 뭐든지 다 잘 참았다. 그래서 나는 이것마저 잘 참는구나, 했다.

집에 돌아와 멍하니 있었다. 그냥 평소처럼 살던 대로 살았다. 그렇게 한 달이 지났고, 추석이 왔다. 엄마에게 전화를 걸려고 했다. 아, 내겐 엄마가 없구나, 했다. 진짜 없구나. 펑펑 울었다. 예상치 못했던 일정으로 맞이한 엄마의 죽음처럼, 울 일이 없을 거라 생각했던 내 눈에선 눈물이 났다. 나는 엄마의 죽음을 외면하고 있었다. 같이 살지 않아도 매일 연락하지 않아도 엄마는 언제나 늘 그랬듯 내가 어릴 적 살던 그곳에서 계속 살고 있을 거라 생각했다. 아니었다. 엄마는 이렇게 좋은 딸을 두고 그렇게도 먼 곳에 살고 있었다. 엄마가 죽고 남은 나의 마음 속 깊은 곳엔 잔여감이 남았다. 정신을 차리고 그 후년 달력에 엄마의 기일에 맞춰 빨간색으로 하트를 그렸다. 예정했던 만큼, 더 잘 챙겨야겠다고 생각했다.

그리고 몇 개월 지나지 않아 남편 친구의 딸 결혼식을 갔다 왔다. 조카가 태어났다는 소식도 들어 산부인과도 갔다 왔다. 나는 멀티플레이어였다. 동시에 많은 감정을 해냈다. 근 반 년 사이 죽음과 탄생, 그리고 누군가의 시작을 겪었다. 인생이 뭔가 싶었다.

처녀일 때는 내 속의 말을 들어 볼 생각도, 여유도 없었다. 그저 흘러가는 대로 주변에서 하는 말 대로 착착 내 삶을 쌓아 나갔다. 남들이 만드는 주변 소음에 나의 내면의 소리가 들리지 않았다. 어쩌면 다 면피용의 말일지도 모르겠다. 굳이 귀 기울여가며 나를 들여다 볼 생각조차 하지 못했으니까. 그러다 점차 나이가 들자, 그것이 익숙해 내 속이 무어라 말을 해도 알아듣지 못했다. 점차 하나둘씩 사람들이 떠나갔고, 주변이 잔잔해졌다. 비로소 내 마음이 들렸다. 평범하지만 행복하지도, 그렇다고 딱히 모나지도 않은 인생. 그럼에도 그 누구에게 이런 삶을 갖다줘도 나만큼이나 잘 살지는 못할 것이다. 내 인생을 풀어낼 것도, 살아낼 것도 결국은 나였다. 또 다시 한 번 이런 내 인생을 나만큼 잘 사는 사람도 없을 것이라 자부했다.

* * *

주말 저녁, 장을 보고 집으로 올라가는 엘리베이터를 탔다. 사방에 거울이 부착되어 있는 우리집 엘리베이터였다. 승강기 거울의 네 면에 나의 모든 면이 비쳤다. 앞, 뒤, 양 옆. 주름진 이마, 꿈틀꿈틀 지렁이 기어다니듯 어린 시절 꿰맨 상처가 있는 목 뒷덜미, 얇은 입술, 쳐진 눈, 옅어진 머리숱, 몇십 년째 하고 있는 엄마가 준 옥귀걸이가 눈에 들어왔다. 내겐 몸에 점도 많았다. 팔뚝에 하나, 볼에 두 개, 까칠한 점, 서툰 점, 장점, 단점… 그중에서도 가장 숨기고 싶었던 건 나의 약점이었다. 어쩌면 늙은 지금의 내 외면이 다 약점인 것 같았다.

그래도 나름 인생이 좋아 여기까지 왔다. 살다 보니 살아지고, 자라다 보니 삶이 되고 버티다 보니 인생이 되었다. 불현듯 어제 점심에 회사 사람들이랑 먹은 식당에 붙은 글귀가 떠올랐다.

'인생도 셀프, 물도 셀프'

그래, 알아서 잘 살아보자, 했다.

결국 어찌보면 내 일도 세상 일. 사람 사는 게 다 똑같다. 그럴 거다. 너도 그렇고 나도 그렇고. 다들 이렇게 사는 거다. 그럴 거다, 아마도.

잘 살아보자, 웃어보자. 허탈한 마음을 가지고 나를 들여다보았다. 얼마 지나지 않아 내 눈에서 눈물이 한 방울 또르르-하고 나도 모르게 흘렀다. 그러자 나쁜 면의 우울함이 몰려들어왔다. 눈물이 터져 나왔다. 하염없이 울음이 나왔다. 나조차도 왜 우는지

234

모를 만큼 거울을 보고 울었다. 우는 나를 보고는 더 큰 눈물이 떨어졌다. 거울에 비친 네 면의 나들을 위해 있는 힘껏 울어주었다. 그러다 순간적으로 좋은 면의 긍정적인 마음에서 희미하게 밝은 미소를 보내왔다. 눈가 너머 맺힌 눈물로 세상이 반짝였다. 웃음을 띄어 궁극적으로 내 자신을 보듬었다. '즐거움'이었다.

사람들은 슬픈 영화를 봐도, 웃긴 영화를 봐도 결국 묻는 답은 하나였다.

"그거 재밌냐?"

내 인생을 보고 누군가 재밌었냐, 묻는다면 무어라 답할 수 있을까. 굴곡진 내 인생이 영화라면, 남들 보기엔 그저 재미있는 긴장감 넘치고 숨가쁜 스토리라인이 가득한 위기와 절정만이 있는 장면들 뿐일 것이다. 나는 보이지 않는 내 인생의 작가에게 말했다.

"작가, 니나 좋지."

나는 엘리베이터 문 앞에 기대어 주름진 눈웃음을 그리는 거울에 비친 나를 유심히 쳐다보았다. 엘레베이터 문 앞에는 '기대지 마시오'라는 말이 쓰여 있었다.

세상에 기댈 것 하나 없어도 웃자. 인생이 좆같아도 맛깔나게 살아보자. 나는 면면히 내가 좋아.

처음으로 두 번 다시 나로 태어나 나를 정독하고 싶었던 '나'들이었다.

이 책이 좋으셨다면,
아래의 절취선을 따라 찢어주세요.

--------------------------------- 절취선 ---------------------------------

이 책 찢었다!